MISTER T.
ET MOI

Elisa Rojas

MISTER T. ET MOI

La Belle Étoile

Publié sous la direction de Delphine Mozin Santucci

À C., mon meilleur ami,
qui m'a demandé de tout écrire.
À T., que j'aimais.
À ma sœur adorée.
À ma mère et à mon père.
À toute ma famille d'un côté
et de l'autre de l'océan Atlantique.
À tous les amis qui m'ont écoutée
et soutenue durant cette période
et qui ont continué de le faire même après,
y compris ceux que j'ai perdus de vue,
quelle qu'en soit la raison.
À toutes les femmes handicapées de l'Univers.

Avertissement

L'histoire qui va suivre, et qui se présente comme une mauvaise télénovela, est vraie.

Cela étant dit, il ne s'agit que de ma version des faits et je les décris tels que je les ai vécus. Les autres parties concernées vous diront peut-être que j'ai tout inventé ou exagéré, que ça ne s'est pas du tout passé comme ça.

Je vous la raconte car elle commence à dater et j'estime qu'il y a prescription.

Ce texte contient des passages réservés aux plus de 18 ans et une bonne dose de second degré.

Il fait souvent référence à des chansons qui correspondent soit à des morceaux que j'écoutais à l'époque, soit à des chansons dont les paroles me semblent parfaitement illustrer la situation, souvent avec humour mais pas que. À la remarque : « Mais t'écoutes vraiment de la merde ! » Je répondrais : « Oui, toutafé ! » J'aime la musique *mainstream*. Mon snobisme ne s'exerce pas dans le domaine musical[1]. Je dirais même que je n'ai aucun mal à m'identifier à Beyoncé ou Britney Spears[2] qui parlent, en l'occurrence, de la même chose que moi dans ce texte.

L'histoire s'arrête au jardin des Tuileries, il est donc inutile de me poser des questions sur la suite de ma vie, je n'y répondrais qu'en présence de mon avocat.

1. Il s'exerce principalement en matière de fringues, de produits de beauté et de brasseries où se poser.

2. Évidemment, j'aurais bien aimé pouvoir citer des chanteuses de pop, de disco ou de R&B handicapées mais je n'en ai pas trouvé. S'il y a des vocations chez les filles concernées, il ne faut pas vous gêner ! Je le ferais bien moi-même mais je ne peux pas être partout…

Épisode 1

Ma déclaration

Je pensais que cette conversation serait affreuse. Apocalyptique. J'étais persuadée qu'elle se finirait dans le sang et les larmes. Je l'avais imaginée un milliard de fois dans ma tête. J'avais même pleuré par anticipation durant les longues années l'ayant précédée.

En fait, j'aurais aimé que *Ma déclaration* soit belle et simple comme celle de France Gall. Néanmoins, vu le contexte, je savais qu'elle allait plutôt tourner au vinaigre comme dans la chanson *Message personnel* de Françoise Hardy.

Je craignais vraiment le pire.

Il va me jeter et je vais en mourir.

Il va m'anéantir. Il est le seul à avoir ce pouvoir.

Il va être lâche. Jouer celui qui ne comprend pas comment j'ai pu imaginer une seconde que lui et moi, ensemble, en couple, ce soit possible.

Il va me sortir des banalités. Tout ce qu'il ne faut pas dire et que je ne veux pas entendre.

Il pourrait même être méchant. Des horreurs vont forcément lui échapper.

Il va vivre cette déclaration d'amour comme une trahison ou pire une agression (d'ailleurs n'en est-ce pas une ?). Pour se défendre, pour me repousser, il n'aura pas le choix : il faudra bien qu'il se montre blessant.

Ce qui sortira de sa bouche sera ma kryptonite. Je ne survivrai pas à cette scène, c'est certain.

Tant pis ! Ça n'a que trop duré. J'en ai assez, je suis décidée ! J'avais toujours dit que j'allais le faire. Je me le suis promis.

Personne ne me croit. Tous mes amis pensent que je n'oserai jamais, depuis le temps que je leur en parle, que je les épuise avec Mister T., ils pensent que je suis définitivement coincée dans cette obsession amoureuse sans issue.

Pourtant, cette fois, je me sens prête. Il m'aura fallu des années[1]. Ce fut long et douloureux, mais c'était le temps qu'il me fallait. Je ne suis plus tout à fait la même fille que celle qu'il a rencontrée le premier jour. Désormais, j'ai la confiance et la force dont j'ai besoin.

Bon, il n'y a plus d'hésitation à avoir. Le moment est venu. J'ai tout prévu. Il fait beau. On pourra aller au jardin des Tuileries. C'est tranquille et parfait un jardin. J'ai même préparé ma plaidoirie grâce à ma copine A., qui m'a bien aidée sur ce coup-là. J'ai fait un plan en deux parties. Sans rire. Ce n'est pas banal pour une déclaration

1. Pour vous donner un ordre d'idée, à peu près autant de temps que pour Miss Fine et Monsieur Sheffield dans *Une nounou d'enfer*.

d'amour, certes, mais il n'est pas interdit d'être rigoureuse et organisée. Et puis, Mister T. étant lui-même avocat, il appréciera que mon propos soit structuré. Surtout, je ne veux pas me retrouver à bafouiller entre deux sanglots. La situation est déjà assez pathétique comme ça.

Bien sûr je ne vais pas lire mon papier, ne soyez pas bêtes ! Je vais l'apprendre, du moins dans les grandes lignes. Elles sont d'ailleurs très simples : « Je suis amoureuse de toi. Voilà, c'est dit. Bye. » Non, je déconne, il y a une suite. « Depuis toutes ces années, ce secret me ronge. Maintenant que tu sais, de deux choses l'une, soit tu me donnes une chance et on évolue dans notre relation (on passe à la phase 2, celle qui implique un rapprochement physique), soit on arrête tout. Je tourne la page. On arrête totalement et définitivement de se voir. On arrête avec cette relation sans nom que je n'arrive même pas à qualifier. »

Alors, comment ça s'est passé ?

1/ Je me suis pris un râteau. Je ne vais pas vous mentir.

2/ J'ai survécu, comme Gloria Gaynor. Eh oui ! Moi-même je n'en reviens pas. Il faut croire qu'il n'y a que dans les films avec Isabelle Adjani ou les livres qu'on meurt d'amour. Dans la vraie vie, on survit, il est là le véritable drame.

3/ J'ai dit ce que j'avais à lui dire. L'essentiel je crois. C'était sans doute moins éloquent que prévu avec le stress et l'émotion, mais j'ai réussi.

Une précision cependant, qui m'amuse toujours beaucoup quand j'y repense : je dois être la seule femme au monde à avoir accompli la prouesse de faire une déclaration d'amour à un homme, sans prononcer les mots « je t'aime », ni même « amour » ou « amoureuse ». Qui dit mieux ? Ça mériterait un prix ! Le prix de l'euphémisme ou de la *coincitude*, au choix. Ma phrase devait ressembler à un truc du genre : « En fait… je t'apprécie vraiment beaucoup. Je veux dire… plus que beaucoup. »

Ridicule. À hurler de rire !

Rassurez-vous, il a parfaitement compris de quoi je parlais (j'ai insisté sur le *vraiment*). Lui-même a trouvé une tournure assez alambiquée pour me signifier qu'il ne m'aimait pas. Il a dit : « Je suis vraiment désolé, mais je ne ressens pas la même chose à ton endroit. » *À ton endroit* ? Mais qui parle comme ça de nos jours en France, sérieusement[1] ? Qui a un mot aussi soutenu dans son vocabulaire courant ? Je veux dire, à part Arnaud Montebourg.

Pas de doute, il fallait vraiment être avocats pour échanger deux répliques comme celles-là.

4/ Les choses ne se sont pas du tout déroulées comme je l'imaginais.

Soyons clairs, ce râteau, je l'attendais. Je l'espérais presque. J'en avais désespérément besoin pour avancer et me retrouver. Il m'a fait un bien fou. Il m'a libérée et – oserais-je ajouter – délivrée.

La surprise ne réside donc pas là. Non, la surprise, c'est que la discussion qui a suivi, et qui a duré un bon

1. Je vous rassure, dans la vie de tous les jours même T. ne parle pas de cette façon. Je pense que c'était pour essayer d'amortir le choc. Il a dû penser que « envers toi » ou « à ton égard » sonnerait plus violent. On est avocat où on ne l'est pas.

moment, n'a rien eu de larmoyant, de gênant ou de désagréable. Bien au contraire, ce fut même la conversation la plus ouverte et franche que l'on ait jamais eue.

T. n'a pas été fuyard. Il a affronté les choses avec pas mal de sérénité et de simplicité. Il m'a impressionnée. Il n'a pas été maladroit, offensant ou brutal. Il a été gentil, sensible, intelligent. Spirituel même. Je m'en suis voulu d'avoir imaginé qu'il aurait pu se comporter autrement, alors que ce sont justement toutes ces qualités qui m'ont rendue folle de lui.

T. a été classe. La classe incarnée selon moi, ce jour-là.

Chose encore plus étonnante, il m'a facilité l'aveu.

La première phrase, je n'arrivais pas à la sortir. J'étais tétanisée, les mots sont restés bloqués dans ma gorge. Il voyait bien que je me sentais mal et que ça avait l'air important, alors il s'est montré très patient. Il m'a beaucoup rassurée. Il m'a même invitée à lui écrire une lettre :

— Si tu ne peux pas me le dire, écris-le-moi[1].

J'y avais déjà pensé bien sûr. Une lettre d'amour, c'est *so* romantique. Sauf que je ne suis pas parvenue à écrire quoi que ce soit.

— J'ai essayé de t'écrire, je n'y arrive pas. Je dois te le dire, sinon je ne m'en sortirai pas.

— D'accord, je comprends. Je t'écoute.

C'est le jour J. Je ne peux plus reculer. J'en ai déjà trop dit ou pas assez. Bon, ok, je me lance…

Il n'a pas eu l'air étonné du tout. Apparemment, il savait déjà. Il voulait l'entendre. Il en avait peut-être autant besoin que moi.

1. T. sait que j'aime écrire et il aime lire ce que j'écris.

Il faut dire que ça planait au-dessus de nous depuis tellement longtemps. Depuis le départ. C'était le seul sujet dont nous n'avions jamais parlé parce que le silence était la condition pour que l'on puisse continuer à se fréquenter et à faire semblant. Parler, c'était rompre le sort et revenir à la réalité : on n'est pas juste « bons amis ». Depuis le premier jour, je l'aime et lui ne m'aime pas. C'est cruel mais banal et ça s'arrête là.

Étrange également, sa réaction après ma déclaration. Il avait l'air plus heureux qu'embarrassé. « Je suis flatté » m'a-t-il dit. Ça m'a un peu déstabilisée. Mon amour et mes compliments le flattent ? Il en tire une mystérieuse fierté. Sa réaction m'a échappé sur le coup, mais j'ai compris ensuite que ça expliquait sans doute pas mal de choses. Notamment le fait qu'il m'ait gardée « sous la main » si longtemps. Mister T. ne m'aime pas mais il aime l'amour que je lui porte. À travers moi, c'est donc lui qu'il aime. Un truc comme ça. Mais dans ce cas, la réciproque est-elle vraie ? On se ressemble tellement parfois…

Il y a trois autres remarques un peu bizarres que T. m'a faites ce jour-là.

La première, quand j'ai dit que l'on pourrait être bien ensemble, que l'on formerait un beau couple. Il a demandé avec curiosité : « Qu'est-ce qui te fait penser ça ? »

Je ne m'attendais pas à ce qu'il rebondisse sur cette phrase-là. Tout d'un coup, j'ai bredouillé, je n'ai plus su quoi dire. J'ai eu la sensation qu'il me demandait de lui faire l'article et de me vendre comme une savonnette. J'ai dit deux-trois trucs nuls, dont je ne me souviens même pas. Vraiment dommage parce que j'avais plein d'arguments tous plus pertinents les uns que les autres. Nous sommes comme en miroir inversé :

- ✓ Nous sommes tous les deux avocats[1].
- ✓ Nous nous ressemblons beaucoup sur le plan de la personnalité.
- ✓ Je suis une femme, c'est un homme, et nous sommes tous les deux hétérosexuels d'après ce que j'ai compris. Quelle coïncidence insensée !
- ✓ Il a un petit frère avec qui il a une grande différence d'âge. J'ai une petite sœur qui a le même âge que son frère.
- ✓ Il vient de Normandie et… moi pas. MAIS ! J'adore la crème, le fromage et tous les produits laitiers.
- ✓ Il a les yeux verts et moi euh… non plus.

La deuxième remarque surprenante qu'il m'a faite a sonné à la fois comme une incompréhension et un reproche : « Pourquoi tu ne me l'as pas dit avant ? »

Réponse évidente : parce que je ne pouvais pas.

Au tout début, il avait une petite amie donc cela aurait été du pur suicide. Ensuite, quand il s'est retrouvé célibataire, c'était trop tard. Je m'étais déjà embourbée jusqu'au cou dans le marécage de la *friend zone*[2], et je ne vois pas bien ce que cela aurait changé.

1. Elle est facile celle-là, je sais, mais il est fortement recommandé aux avocats de s'accoupler et de se reproduire entre eux. Vous ne le saviez pas ?

2. Important : cette zone en réalité n'existe pour personne.

Je n'ai pas compris ce qu'il a essayé de me dire avec cette question. Est-ce qu'il y a eu un moment où ça aurait pu changer quelque chose pour lui ? Est-ce qu'il y a eu un moment où il a hésité ? Est-ce que j'ai laissé passer ma chance sans le savoir ? Si oui, quand ? Où ? Quel jour ? À quelle heure ? Et, si c'est le cas, pourquoi est-ce que lui n'a rien dit ?

Je ne lui fais pas part de mes interrogations car les réponses à ces questions ne m'intéressent plus le jour où je lui avoue tout aux Tuileries. Je suis épuisée d'être triste, je veux que ça se termine. Je veux que toute cette histoire devienne du passé.

Sa troisième remarque a été qu'il me trouvait *courageuse* d'avoir osé lui dire tout ça. En parlant de courage, il ne faisait pas référence à mon handicap mais à lui-même. Il m'a expliqué qu'il serait incapable d'avouer ses sentiments à quelqu'un comme je venais de le faire[1].

Dernier élément qui a rendu l'échange curieux et émouvant : pendant cette discussion, non seulement il n'y a pas eu de larmes, mais on a même ri.

Bien sûr, il y a eu de la peine aussi.

Moi, je perdais T., LE mec le plus génial que la Terre ait jamais porté. Je perdais un ami et un confrère qui m'a toujours soutenue et aidée comme il le pouvait[2]. En

1. J'ai été surprise d'apprendre qu'il pouvait être encore plus timide que moi dans ce domaine. On était donc super mal barrés depuis le début...

2. Celui qui m'a conseillée pour l'achat de ma robe d'avocat, qui m'a expliqué ce qu'était un dossier de plaidoirie sans se moquer de moi et qui m'a montré à quoi devait ressembler une note d'honoraires.

plus, je trahissais sa confiance et son amitié. Deux choses qu'il a tant de mal à donner et que je lui avais presque extorquées, alors qu'il avait pourtant tout fait pour se protéger d'une forcenée comme moi.

Lui, il perdait une amie alors qu'il en a peu. Quelqu'un pour qui il avait de la considération, peut-être même un peu (trop) d'admiration et une profonde affection qui, j'en suis sûre, était sincère à sa manière.

Il n'y a eu qu'un seul point de désaccord cet après-midi-là : les suites à donner au dossier.

J'ai dit à T. que je ne voulais plus que l'on se revoie. Que c'était une décision mûrement réfléchie, irrévocable et définitive. Il n'était pas d'accord avec ça. Il a déclaré que j'étais trop « radicale ». Il ne voyait pas ce qui nous empêchait de continuer à être amis. Il m'a proposé une sorte de « pause », qu'il suffisait d'arrêter de nous voir pendant quelques mois. Il a suggéré que ça allait « me passer » et qu'ensuite tout rentrerait dans l'ordre.

J'ai refusé cette proposition. Ça ne va pas me passer. Ce n'est pas un rhume. Il n'y a aucun remède, aucun antibiotique à prendre. Il n'y a pas de guérison possible. J'en sais quelque chose. La maladie dure depuis des années. En plus, j'ai déjà tout tenté : ne plus le voir durant des mois, essayer de m'intéresser à d'autres hommes et de me *contenter* de son amitié, me raisonner… Rien de tout cela n'a fonctionné.

Il vient de m'affirmer qu'il ne m'aime pas. La réponse est claire et je n'ai aucune raison de douter de sa franchise. Il me regardait droit dans les yeux. Il n'a pas menti. Maintenant que je sais, il n'a pas le droit de me demander de rester son amie. Il n'a pas le droit de me demander de lui sacrifier ma vie, de rester auprès de lui pour le flatter, selon ses propres mots, à attendre quelque chose qui ne viendra jamais. Il l'a dit, il ne veut pas de moi.

Je ne veux pas rester son amie. Je ne veux pas attendre gentiment qu'il m'invite à son mariage. De toute façon, si j'y vais, ce sera pour taper un gros scandale et m'y opposer. Je refuse de continuer à être celle qui souffre en silence. Le voir avec une autre me tuerait et je ne veux pas mourir. Je ne suis pas la *Petite Sirène* (quelle quiche celle-là[1] !).

On ne peut pas tout avoir dans la vie : le beurre, l'argent du beurre, la crémière franco-chilienne et la vache normande. Ce serait injuste de sa part d'exiger ça. Je mérite mieux. Il le sait et, au moment où je lui parle, je le sais aussi. Je suis encore jeune. Dans quelques mois, quelques années, je pourrai peut-être rencontrer quelqu'un d'autre. Si ça arrive, je ne veux pas qu'il soit dans les parages pour tout ruiner. Si je rencontre un autre homme, je veux qu'on ait une vraie chance. Si T. est dans mon entourage, ça ne fonctionnera pas. Je ne pourrai rien vivre d'intéressant. Je ne veux pas prendre ce risque.

Pour lui aussi ce serait malsain. Quel intérêt d'avoir une amie tordue, morte d'amour dans un coin, pendant qu'il sort avec celle qui lui convient ?

1. La Petite Sirène (la vraie, pas la bécasse de Disney), c'est une fille qui, pour un mec, se fait arnaquer par une sorcière et échange un handicap (son absence de jambes) contre deux handicaps (l'absence de voix et des jambes douloureuses). Après avoir fait tous les sacrifices possibles pour lui, parmi lesquels renoncer à ce qu'elle est réellement, et avoir supporté les pires souffrances, elle meurt. Elle choisit de se suicider au lieu de sauver sa propre vie en tuant le Prince. Un gars qui se fout d'elle royal, ne la remarque même pas parce qu'elle est muette (handicapée donc) et qui se marie avec une autre !

J'ai tenu bon en lui expliquant que je ne pouvais plus être son amie. Il a compris. Il n'a plus insisté.

Il était difficile de terminer sur cette idée-là, alors pour atténuer la douleur et réussir à repartir chacun de son côté, j'ai proposé une dernière alternative. Une sorte de sortie de secours, une fin ouverte irréaliste mais positive : si l'un de nous deux change d'avis, il le fait savoir à l'autre. Si je pense pouvoir redevenir ton amie, je t'appelle. Si tu penses vouloir devenir mon petit ami, tu m'appelles.

Avant de partir, T. veut me serrer dans ses bras. Je suis contre parce que je n'aime pas qu'il me touche et que j'ai peur de me mettre à pleurer. Je me suis juré de ne pas pleurer. J'ai envie de refuser mais il a l'air d'y tenir. J'ai l'impression que c'est important pour lui. Il a été correct avec moi, je ne peux pas lui refuser ça.

Je le laisse faire. Il me serre contre lui, plus fort que quand il me porte. Je ne sais pas combien de temps ça a duré. Ça m'a semblé très long. Le moment est éprouvant. Je sens sa peine qui se mêle à la mienne et je ne peux plus rien faire pour nous soulager. Je ne dois pas pleurer. Je ne pleurerai pas. La décision est prise, je ne reviendrai pas en arrière.

En partant, il veut me raccompagner au taxi comme il le fait d'habitude, mais cette fois je dois refuser. L'heure est venue de se séparer et de reprendre chacun notre chemin.

Il a l'air presque plus abattu que moi. Nous sommes peut-être deux à avoir pris un râteau ce jour-là. La différence, c'est que je m'attendais au mien. Je culpabilise. Tout ce gâchis est ma faute. Je ne peux plus rien y faire. Je lui ai déjà demandé pardon pour tout le mal involontaire que j'ai pu lui causer, quelques minutes avant qu'il me prenne dans ses bras.

***

Je n'ai jamais rappelé T.

Il ne m'a jamais rappelée.

Nous ne nous sommes jamais revus depuis ce jour ensoleillé au jardin des Tuileries.

J'espère qu'il va bien et qu'il est heureux.

Épisode 2

Le soleil et les ténèbres

Avant de vous raconter la façon dont on s'est rencontrés et comment j'en suis arrivée là, laissez-moi d'abord vous parler de Mister T. Laissez-moi vous expliquer pourquoi je l'ai tant aimé.

T. A BEAUCOUP DE QUALITÉS.

T. est gentil.

Vraiment gentil. Pas *trop* gentil ou bêtement gentil. Gentil quand il le faut, avec les gens qu'il apprécie.

Il peut être prévenant et il a, par exemple, cette façon tout à fait naturelle et désarmante de proposer de l'aide, sans jamais donner l'impression qu'il se sent obligé. Ça m'a toujours scotchée.

J'adore entendre T. parler de son petit frère. Il est un peu sévère mais juste. Il a l'air de l'aimer énormément, autant que moi j'aime ma sœur.

J'ai toujours eu l'impression qu'il y avait chez lui une sorte de bienveillance et de douceur, qui comptaient à mes yeux plus que tout.

T. est souriant.

Du moins avec moi. Le visage fermé, c'est plutôt avec d'autres, ceux qu'il n'aime pas.

Avec moi, T. sourit vraiment beaucoup. Il a toujours l'air content de me voir. Son sourire, ses yeux sont éblouissants. J'avais rarement vu un visage et un regard aussi expressifs et puissants.

T. est lumineux. Je dirais même rayonnant.

T. est un Prince.

T. EST le soleil.

T. est comme le Capitaine Flam, il vient d'une autre galaxie.

T. est… ok, je crois que vous avez compris l'idée.

T. est de gauche.

C'est fondamental.

Je l'ai vérifié très rapidement après l'avoir rencontré. En principe, je fais cette vérification avec tous les gens que je rencontre, et surtout les hommes. La politique, c'est important. Ce n'est pas seulement un sujet de conversation avant les élections. La politique, c'est le quotidien. Tout est politique.

Je ne m'imagine pas faire quoi que ce soit avec un homme qui, chaque fois qu'il vote, achète son journal ou ouvre la bouche, s'acharne à démolir la société qu'avec d'autres on essaie de construire. Impensable.

En revanche, ne me demandez pas où il se situe à gauche exactement. Je n'ai jamais vraiment compris. Et n'oubliez pas qu'à l'époque de ma relation avec T., la situation politique n'était pas la même qu'aujourd'hui. Il était encore à peu près envisageable de sortir avec un socialiste[1].

Une fois, avec mon amie L., nous avons essayé de trouver son positionnement politique exact. Rocardien ? Delorsien ? Jospinien (ce serait moche…) ? Nos recherches n'ont rien donné, nous n'avons pas trouvé. Je sais juste qu'en 2005, il a voté OUI au référendum européen et moi NON. Je suis plus extrémiste que lui.

T. n'est pas un enfant de la balle mais de l'Éducation nationale.

Fils d'un instituteur et d'une intendante d'un collège-lycée très prestigieux, T. vit d'ailleurs dans l'établissement scolaire où travaille sa mère. Il n'est pas boursier comme moi, mais il n'est pas né avec une cuillère en or dans la bouche non plus. Nous avons un capital culturel assez proche. Mes parents n'ont pas d'argent mais chez nous aussi on lit *Télérama*.

Notez que je n'ai rien contre les bourgeois et les gens qui ont de l'argent, ils peuvent être très sympas individuellement. Je voudrais juste qu'ils partagent le gâteau avec tout le monde. Pas seulement les miettes, TOUT le gâteau, à parts égales, et rapidos.

1. Aujourd'hui, c'est exclu.

T. ne croit pas en Dieu.

C'est bien, parce qu'*officiellement* je suis athée aussi.

Souvent dans ma vie, j'ai eu envie de croire en Dieu, mais je n'y arrive pas. Je trouve que l'histoire de Dieu est un peu comme celle du Père Noël. Trop belle pour être vraie. En revanche, je crois aux signes. Les signes d'encouragement. Je crois aux fulgurances, aux rencontres magiques, à l'aura, aux énergies positives et négatives, aux liens invisibles, à l'existence des sorcières[1], et à la présence protectrice et bienfaisante des morts que l'on aime. Ce n'est pas du tout logique pour quelqu'un qui ne croit pas en Dieu mais dans ma famille, du côté de ma mère, il y a une forme de mysticisme de cette nature, et il me plaît.

Et le militantisme… ne serait-ce pas une sorte de religion ? On ne milite pas, on ne fait pas de la politique sans être persuadé qu'il y a des causes, des sujets qui nous dépassent, sont plus grands que nous et méritent d'être portés le plus loin possible, parfois même jusqu'à la mort.

T. a une certaine assurance.

Il en impose et j'aime son assurance car elle me procure une sensation de sécurité.

J'ai totalement confiance en T.

Quand il pousse mon fauteuil, il ne tremble pas. Il fait attention à tout. Ses gestes sont délicats, précis et sûrs. Même quand il me porte, il maîtrise la situation. Ses bras ne sont ni trop lâches, ni trop serrés. Comment fait-il ?

1. La plupart des bonnes sorcières sont juste des femmes indépendantes et fortes, le plus souvent féministes.

Je me le demande. C'est sans doute parce qu'il a un petit frère et qu'il s'y prend comme il le ferait avec un enfant.

Avec lui, il ne peut rien m'arriver. Il ne laisserait personne (à part lui) me faire du mal, j'en suis certaine.

T. est féministe…

« Grâce à sa mère » qu'il a dit. Le jour où il m'a déclaré ça, il m'a fallu beaucoup de self-control pour ne pas rire, croyez-moi. Je ne l'ai pas vanné pour l'encourager dans cette voie. Après tout, il vaut mieux entendre ça qu'un homme qui pense que les femmes n'ont pas d'âme[1].

Le problème, c'est qu'il y a la théorie et la pratique. En théorie, il est pour l'égalité entre les hommes et les femmes. En ma présence, il est rarement insultant à l'égard de ces dernières. Il fait attention à ce qu'il dit. En pratique, j'ai l'impression… parfois… qu'il est quand même… un peu… carrément… MACHO !

Mais à cette période de ma vie, ça ne me dérange pas. Je ne suis pas scandalisée ou dépaysée (peut-être que j'aime ça[2]). J'ai été élevée dans un environnement familial et culturel machiste. Des machos dans ma famille, il y en a un sacré paquet. Je connais. Mes parents ont l'air de dire que tous les hommes sont *naturellement* comme ça, donc ce n'est pas comme si les femmes avaient le choix.

Et puis, je ne peux pas trop la ramener, ne suis-je pas moi-même une mauvaise féministe ? Je me maquille. Je suis aliénée au dernier degré au « complexe mode-beauté[3] ».

1. Aujourd'hui les hommes ne disent plus ça, je suis au courant. Ils ont affiné leur argumentation.
2. Oh, mon Dieu ! J'ai écrit ça ? Abattez-moi !
3. Celui dont parle Mona Chollet dans son livre *Beauté fatale*.

J'aime la mode[1] et les cosmétiques. Je prends soin de moi, pour moi, et je ne m'en excuserai pas. Je tiens à ma frivolité et je l'entretiens régulièrement. Elle est indispensable à mon équilibre, et si je devais y renoncer, je deviendrais fausse et artificielle. Je ne serais plus Elisa.

Une militante féministe que je suis sur Twitter a écrit un jour pour plaisanter : « Mon féminisme s'arrête aux portes de Sephora ». J'ai beaucoup ri. Nous sommes au moins deux dans ce cas.

Mon féminisme inconséquent mixe quant à lui : ma mère – Helen Keller – le gloss, le gloss, le gloss – Christine Delphy – Mercedes Sosa – une bonne dose de paillettes – Audre Lorde – Frida Kahlo – Hannah Gadsby – Amandine Gay – Bette Davis, Elizabeth Taylor[2] – mes deux grands-mères – bell hooks – Maria Felix – Béatrice Barbusse – Tina Turner – le port aléatoire du soutien-gorge[3] – Dolly Parton – Hanane Karimi – Andrea Dworkin – Adèle Haenel – Alexandria Ocasio-Cortez – mes amies, mes copines, les militantes que je connais, et toutes les femmes dont j'aime la force, le travail ou le parcours, qu'elles se revendiquent officiellement ou non

1. Quand je vais mal, je regarde un documentaire de Loïc Prigent, je pense à Jean-Paul Gaultier que j'aime trooooop ♥, je vais voir une expo sur la mode et après je suis regonflée à bloc.

2. Et quasiment toutes les actrices de l'âge d'or d'Hollywood qui se sont parfois lancées dans de véritables bras de fer judiciaires avec les studios pour être libres de mener leur carrière comme elles l'entendaient et ne plus être leurs jouets.

3. Spéciale dédicace à ma sœur qui ne veut pas que je parle d'elle dans mon livre et qui pense que l'absence de soutien-gorge frôle la provocation et l'indécence de ma part.

du féminisme. La liste est longue et non-exhaustive. Il manque aussi celles que je ne connais pas encore mais que j'ai hâte de découvrir.

T. aime la viande et les patates.

Il fallait que je le place juste pour la rigolade. Ça n'a aucune importance, mais ça me fait penser au sketch de Florence Foresti. T. examine toujours attentivement la carte au resto, mais il prend à coup sûr la viande et les patates. Les patates et la viande. Le hamburger avec des frites.

Moi aussi j'aime la viande et les patates, mais quand je suis avec lui au restaurant, je ne mange pas. C'est un problème. J'ai un nœud dans le ventre et je n'arrive pas à avaler. Il s'est rendu compte que quelque chose clochait et il m'a plusieurs fois demandé : « Pourquoi tu ne manges pas ? », ou s'est exclamé : « Mais tu n'as rien mangé ! », ou m'a reproché : « Tu ne manges rien ! » Je lui réponds que je n'ai pas faim. Il a dû en déduire que j'avais un sérieux problème avec la nourriture, ce qui n'est pas complètement faux[1], ou que je fais partie de ces gens qui n'ont pas besoin de se nourrir pour vivre.

Je ne sais pas comment font ceux qui arrivent à manger et à parler en même temps au restaurant. En ce qui me concerne, je ne peux pas, surtout avec des amis. J'ai l'impression de devoir faire un choix et je ne choisis jamais la bouffe. La nourriture, c'est secondaire.

En plus, quand je mange, j'en mets partout et je me tache systématiquement. Ma sœur m'a dit qu'elle

1. J'ai effectivement connu des troubles alimentaires dans l'enfance et la préadolescence.

comptait prochainement créer un GIF de la scène répétitive suivante : je mange, je fais tomber de la nourriture sur ma tenue et je m'exclame « oh, non ! » en voyant la tache. Il n'y a plus de respect pour les aînés...

T. n'aime pas le foot.

T. dit que le foot est un sport de bourrin. Il préfère les sports raffinés genre le tennis, le badminton ou le ski.

T. est toujours à l'heure.

Il est d'une ponctualité affolante. Qu'est-ce qui peut être plus sexy que ça ? Parfois, il est même un peu en avance, ce qui complique ma propre organisation. Je suis moi-même toujours à l'heure et le plus souvent en avance. Du coup, j'ai peur d'arriver après lui et qu'il me reproche d'être retard (ce qu'il fait parfois). Chaque fois que l'on a rendez-vous, j'ai l'impression de jouer à « Qui est le plus à l'heure ? » ou « Qui est le plus en avance ? ». Jeu stupide qui m'use les nerfs.

L'idéal serait évidemment que l'on arrive en même temps. Mais pour ça, il faudrait que l'on parte ensemble du même endroit, du même appartement quoi.

T. parle italien.

Une qualité énorme. Il a fait italien LV2. J'adore l'Italie et les Italiens. L'italien est une langue magique qui donne la chair de poule. Si.

Évidemment si T. avait été italien, en plus du reste, on se rapprochait de la perfection, mais *nobody is perfect.* T. est un Normand de Normandie. Grâce à lui, je me passionne d'ailleurs pour cette région de France, dont je découvre l'existence car je ne suis qu'une petite conne de Parisienne, nulle en géographie.

T. sent bon.

Passons, mais ça méritait d'être souligné. Je suis très sensible aux odeurs.

À une soirée, en me faisant la bise, T. m'a dit que je sentais bon aussi. Je crois. Ou alors j'ai rêvé.

T. a une voix magnifique.

Une voix grave, posée, très agréable, qui donne vraiment *très* chaud. Elle a quelque chose de tellement apaisant qu'elle devrait être remboursée par la Sécurité sociale, si vous voulez mon humble avis.

Parfois, il suffisait que j'écoute la messagerie de son répondeur pour aller mieux et avoir mon shoot de T. pour – allez – une semaine, facile.

T. ne boit pas.

Enfin si, mais pas comme moi. T. est raisonnable. Il boit de l'alcool (du vin ou de la bière) comme quelqu'un de sensé. Il n'est jamais ivre parce qu'il sait s'arrêter avant. Il y a des gens comme ça, dont je ne fais pas partie, qui savent s'arrêter avant !

Je ne crois pas l'avoir déjà vu bourré. Grosse déception pour moi car j'aurais aimé découvrir quelle personne il pouvait devenir en lâchant un peu prise. La seule soirée où j'ai cru comprendre qu'il avait trop bu, il est venu me voir et m'a dit : « Je ne me sens pas très bien, je vais rentrer. » Le genre de phrase pleine de sagesse que je suis incapable de prononcer.

T. est un mec sérieux mais pas chiant.

T., c'est le genre de mec qui n'a pas trente ans et vous déclare assez sérieusement qu'il s'inquiète pour sa retraite. *True story.*

Il n'est pas trop du style à blaguer toutes les cinq minutes. Il lui arrive de faire des plaisanteries (qui sont plutôt bonnes d'ailleurs) mais c'est rare. Cela dit T. a de l'humour et aime s'amuser. En tout cas, il rigole à mes blagues, ce qui est un signe d'intelligence et de bon goût. D'ailleurs, j'adore le faire rire. J'ai l'impression d'avoir décroché la timbale à chaque fois.

J'ai toujours été convaincue (et je le suis encore) que T. a un potentiel fun inexploité. Le problème, c'est qu'il n'ose pas. Il ne s'autorise pas à explorer cette part de lui-même qui existe pourtant. Je crois qu'il pense que ça ne colle pas avec son « image ». Dommage, il sait écrire des mails super drôles pleins d'autodérision. Ne pas en faire profiter les autres est une perte immense pour l'humanité.

N.B. : Vous l'avez compris, j'ai un faible pour les mecs assez rigides, sérieux et pas hyper funky. J'ai souvent essayé de savoir pourquoi. J'imagine que, d'une part, ça doit me rassurer, faire écho à mon propre côté sérieux, chiant et psychorigide. D'autre part, ça me fascine, parce que moi je n'arrive pas vraiment à être sérieuse ni triste jusqu'au bout. Il y a toujours un moment où je décroche. Je commence à raconter n'importe quoi, j'ai impérativement besoin de légèreté et envie de rigoler.
Que pourrais-je apporter à un homme drôle ? Rien. Si on est deux « rigolos », on va vite se gonfler mutuellement

ou, pire, partir en sucette, s'habiller en *Desigual*[1] et basculer dans une vie chaotique et mal rangée – l'angoisse. C'est ce que je pensais à l'époque. Ce n'est plus le cas. Aujourd'hui, je m'aperçois qu'avoir autant d'humour que son partenaire n'est pas forcément une mauvaise chose. Au contraire, c'est un bon moyen de ne pas s'ennuyer, voire même de durer une fois le *Kamasutra*[2] épuisé.

T. est un poil conventionnel.

Ça tombe bien, j'adore les hommes conventionnels. Je suis en fait moi-même très conventionnelle. J'aime autant suivre les conventions que les exploser. Je n'ai pas choisi mon métier par hasard. Avocat est un métier conventionnel. Les révolutionnaires ne sont pas avocats. Ils sont postiers. Autre preuve que je suis conventionnelle, j'aime les hommes en costard-cravate. Je vous le dis, je n'ai pas choisi ce métier par hasard.

Quand j'étais petite, mes trois grands rêves étaient :

1/ Avoir un métier intéressant.

2/ Me marier avec un homme en costard, cheveux courts, rasé de près, bien sous tous rapports, comme celui de la pub *Mennen… pour nous les hommes*.

3/ Adopter des enfants avec lui.

1. Cette marque fabrique des modèles bien plus dangereux pour la République que le burkini.

2. J'ai un peu étudié la question. Il n'y a que 64 positions dans le *Kamasutra* et, à moins d'être acrobate, personne n'est en capacité de les faire toutes. Si vous avez un handicap, il y des chances que cela réduise certaines possibilités. Néanmoins, il est possible d'en inventer de nouvelles qui ne sont pas dans le bouquin (eh ouais !). Mais bon, il y aura toujours un moment où vous aurez fait le tour, faut pas se leurrer non plus.

L'idée farfelue numéro 2 faisait beaucoup rire mes parents, mais les inquiétait aussi un peu. Notre fille ne serait-elle pas un peu conne ? Un peu réac'[1] ? Qu'avons-nous fait pour mériter ça ?

Le costard-cravate est mon exotisme à moi. Dans ma famille proche, j'ai toujours vu des hommes allergiques aux cravates, avec de la barbe et les cheveux longs. Des artistes (photographe, peintre…) qui pour certains jouent même de la guitare (Pfff !) ou fument des substances illicites[2]. Pour moi, le costard, c'était le sérieux, la stabilité. Les papas, les maris « normaux » que l'on voit à la télé ont des cravates, pas comme le mien qui a les cheveux longs, de la barbe, et qui dit qu'il ne mettra jamais de cravate, même pas le jour de mon mariage.

Mes parents m'ont avertie : les hommes qui portent des costards sont conventionnels, étroits d'esprit, ennuyeux et le plus souvent conservateurs[3]. *Même pas vrai, vous exagérez ! Ils ne sont pas tous comme ça !* Il y en a qui sont différents, j'en suis certaine, et un jour j'en trouverai un rien que pour moi.

1. Je ne suis pas réac' ! Mais franchement, vous m'imaginez avec un hippie ? Moi non.

2. La drogue, parlons-en. Ma mère me dit souvent que je ferais bien de fumer un joint de temps en temps, ça me détendrait – cette femme n'est pas croyable. Non merci ! Je vous signale que ce n'est pas légal (je suis très légaliste). Après, je ne suis pas contre la dépénalisation vu que ça ne changerait rien au problème principal pour moi : ça pue ! Je ne supporte pas l'odeur.

3. Mes parents sont spécialistes du cassage de délires. Pour m'énerver et démonter mes idoles, ils adoraient me dire quand j'étais petite que telle ou telle célébrité était de droite. « Dorothée ? — Elle est de droite ! D'ailleurs elle vient de passer sur TF1. — Et Chantal Goya ? — Elle est de droite et elle chante en playback ! — Et Yves Duteil ? — De droite aussi ! Il a posé devant sa piscine dans *Paris Match*. — Noooon ! Je vous déteste ! »

Je suis désormais adulte et je pense que le costard est un peu l'équivalent des talons hauts pour les femmes : désagréable à porter mais qui donne de l'allure s'il est bien conçu et non subi mais choisi. En revanche, contrairement à ce que prétend Emmanuel Macron, le costard ne fait pas de vous quelqu'un d'important. Ce n'est qu'un vêtement. Même s'il sied à ravir, il ne rend ni sympa, ni intelligent, ni intéressant si l'homme qui le porte ne l'est pas à la base. Il peut même monter au citron et rendre détestable. *Cf.* « Le Macaron » déjà cité.

T. est intelligent.

Vraiment intelligent. On peut parler de tout avec lui. Ses réflexions sont pertinentes et la conversation ne tourne jamais en rond. Il comprend tout rapidement et je le trouve très ouvert. T. est curieux également, il s'intéresse à plein de choses.

Je pense que l'on sous-estime grandement le pouvoir érotique de l'intelligence. Pourtant il est ultra puissant. Lorsque j'ai essayé d'en parler à mes copines à la fac et que j'ai souligné ce point, elles m'ont ri au nez. « Oui, c'est ça. Dis plutôt que tu le trouves beau, c'est tout. » Je le trouve beau, c'est vrai, mais je ne vois pas en quoi il y aurait une incompatibilité avec le fait d'être intelligent. L'un n'exclut pas l'autre. Je connais plein de gens, femmes, hommes et enfants, qui sont beaux comme dans les magazines ET intelligents[1].

1. À commencer par mon père et ma mère, un couple « presque parfait ». Mes parents sont « Si beaux ! Si jeunes ! Et tellement sympas » de l'avis de tous, et notamment de mes copines, candidates à l'adoption, jusqu'au lycée.

Visiblement, selon certaines personnes, il faut être l'un OU l'autre, impossible de cumuler les deux. Je suis consternée. J'ai une révélation à vous faire : il y des gens *beaux* et intelligents. Des gens beaux et cons, ou alors beaux et avec une intelligence très moyenne, voire médiocre. De même qu'il y a des gens prétendument *moches* et intelligents. Moches et avec une intelligence très moyenne voire médiocre, et – hallucinant – des gens qui cumulent. Ils sont moches ET cons ! Pour ces derniers la vie est rude, je ne vous le cache pas.

En réalité, je pense que la beauté, la mocheté, l'intelligence et la connerie n'existent pas dans l'absolu. Il n'y a que ce que *l'on* trouve beau, moche, intelligent ou con.

T. est sentimental.

Il va au concert de William Sheller.

— William Sheller ?!

— Tu ne connais pas ?

— Si, je connais, mais bon…

Même lui en me le disant s'aperçoit que c'est drôle, ça fait « goût de vieux ».

Ne l'accablons pas. J'écoute bien Édith Piaf, Jacques Brel, Serge Reggiani, Cat Stevens et Simon & Garfunkel.

Son sentimentalisme, c'est aussi la raison pour laquelle il m'a toujours semblé que même si T. pouvait coucher avec cinq filles dans la semaine, il ne le ferait pas. Il a besoin d'un minimum de sentiments, je crois. Il sait en plus que, angoissé comme il est, il aurait du mal à gérer la situation sans finir à l'hôpital.

T. est beau.

Très beau.

Trop beau.

Je termine par cet élément, parce qu'il a été un vrai problème dans toute cette histoire depuis le début. Là, vous pensez que je fais de l'humour, mais pas du tout (enfin, presque pas du tout).

Je m'explique. T. n'est pas juste mignon vite fait. Il répond aux canons de beauté dominants dans notre société. Il a de magnifiques cheveux noirs, courts et épais. Des yeux verts incroyables. Les plus beaux yeux que j'ai vus de ma vie. Des yeux… indescriptibles ! Il a aussi une très belle bouche et un sourire magnifique. Sa mâchoire est plutôt carrée mais il a un visage fin. En plus, il est stylé, soigné sans être sophistiqué[1].

Il n'est peut-être pas suffisamment grand ou musclé pour défiler pour Karl Lagerfeld mais la plupart des étudiant(e)s à la fac sont d'accord pour dire que c'est ce que l'on appelle communément un « BG[2] ». Il attire comme un aimant les femmes et les hommes, qui tentent leur chance régulièrement.

T. a conscience de la situation. Ce n'est pas un beau qui s'ignore. C'est un beau qui ne sait pas exactement quoi faire de cet atout « en or » aux yeux de notre société (avec la jeunesse, la santé et l'argent).

Utiliser son physique pour en tirer un maximum de profit et manipuler tout le monde autour de lui serait

1. J'ai mis beaucoup de temps à déterminer s'il y avait oui ou non du gel dans ses cheveux. La réponse est oui, et c'est tellement bien fait ! Impeccable. Du travail d'artiste.

2. Beau Gosse.

immoral. Le nier, le cacher, minimiser l'importance qu'il prend aux yeux des autres serait idiot et hypocrite.

S'il avait été un séducteur con et malveillant, il aurait pu causer beaucoup de dégâts autour de lui, briser des cœurs par camions entiers, mais c'est un programme qui ne semblait pas l'emballer.

En fait, T. avait l'air de gérer les sollicitations constantes auxquelles il était confronté, plus ou moins bien selon le contexte, l'humeur. Et, avant tout, au cas par cas.

Parfois, si le/la prétendant(e) était subtil(e) et adroit(e), il n'y trouvait rien à redire. Il se laissait gentiment draguer mais sans remettre des sous dans la machine s'il n'était pas intéressé. Il restait poli en somme.

En revanche, quand ça devenait un peu lourdingue et que des filles (principalement) venaient lui baver dessus bêtement, il était subitement très froid et très distant. En quelques secondes, il te réfrigérait le buisson ardent. Je l'ai souvent vu faire à la fac. Ahurissant. Chaque fois qu'une fille s'approchait de lui dans les couloirs de Paris I, je la voyais venir à un kilomètre (lui aussi j'imagine). J'avais des envies de meurtre. Mais, au bout de dix minutes, elle repartait penaude et je pouvais de nouveau respirer. Il faut dire que certaines s'y prenaient n'importe comment. Quelle idée aussi d'aller se liquéfier de cette façon devant lui ! *Chérie, si tu veux qu'il s'intéresse un minimum à ce que tu dis, ar-ti-cu-le ! Et trouve un truc intelligent à dire, au passage, ça peut servir. Il a un cerveau et il comprend ce que tu dis, figure-toi…*

Le refroidissement instantané, j'imagine que c'est la seule technique que T. avait trouvée jusqu'ici pour éloigner ces filles-là. L'inconvénient de cette méthode, c'est qu'elle le faisait souvent passer pour un mec hautain et désagréable alors que, pour moi, ce n'était pas foncièrement sa personnalité mais plutôt un mode de défense.

Quand j'ai dit tout à l'heure que les caractéristiques physiques de T. ont posé un problème entre nous, je veux dire qu'il me semble qu'elles ont empoisonné notre relation, à égalité avec mon handicap. Je dirais même que la rencontre de nos deux « particularités » physiques nous a été fatale.

T. A AUSSI DES DÉFAUTS, COMME TOUT LE MONDE.

Ne pensez pas que ça m'a échappé.

T. est *control freak*.

Il aime tout contrôler. Il est assez angoissé et souvent tendu. C'est un perfectionniste, hyper soigneux. Chez lui rien ne dépasse. Disons qu'il n'est pas du genre à « lâcher les élastiques ». Il n'y a qu'à voir sa consommation d'alcool.

Au travail, c'est un bosseur et cela finira par poser problème car il est vite devenu *work addict*. Il quitte le cabinet tard, et prend des dossiers pour le week-end. Il se met la rate au court-bouillon. Il n'a jamais l'impression d'en faire assez. Au bout du compte, il aura droit à son burnout[1]. Un pétage de câble au cabinet qui lui

1. Quel collaborateur n'a pas eu le sien ? Je n'en connais aucun qui y ait échappé.

conseillera de « prendre des vacances », sans que les associés ne s'interrogent le moins du monde sur leur propre part de responsabilité.

Entre nous, si je m'étais écoutée, j'aurais bien été leur dire deux mots à ces ténors du Bourreau, euh... du Barreau, pour remettre les pendules à l'heure. Personne (à part moi) n'a le droit de faire du mal à *mon* T. Compris ?

T. est autoritaire.

Il a une forte personnalité. Il est charismatique et, quand il s'exprime, tout le monde l'écoute. Il est aussi clairement autoritaire. Limite despotique. Les choses doivent se dérouler à sa façon. Il fait des propositions qui laissent peu de choix et ressemblent à s'y méprendre à des ordres.

Quand je m'en suis aperçue, je ne vous cache pas que ça m'a estomaquée. *Comment ce mec ose-t-il me donner des ordres à môa ? Mais pour qui il se prend ? Qu'est-ce qu'il s'imagine ? Non mais je rêve !* Plus incroyable encore, je fulmine intérieurement mais j'obéis.

T. n'est pas dupe. Il comprend bien qu'il n'a pas intérêt à pousser le bouchon et que je m'incline, de temps en temps, parce que j'en ai envie. Il aime penser que c'est lui qui commande, mais il sait qu'en réalité c'est moi qui décide. Ou alors, c'est l'inverse. Je ne sais plus. Bref, entre nous, c'est chacun son tour, il y a une sorte d'alternance subtile du pouvoir, qui n'est pas dénuée de tensions... Disons, qu'une fois que l'on en a terminé avec le jeu de « Qui est le plus à l'heure ? », on joue à « C'est ki-ki commande ? ». Un jeu encore plus stupide que le premier mais qui m'excite terriblement[1].

Pour la première fois de ma vie, j'ai la sensation d'avoir face à moi quelqu'un qui a du répondant. Un pouvoir d'initiative et de décision équivalent au mien. Bilan : j'adore. Je trouve ça reposant de me laisser enfin porter sans trop poser de questions.

Quand il arrive en disant : « D'abord, on va voir l'expo Picasso. Après on pourrait passer à la boutique du musée. Ensuite, on ira boire un verre dans le Marais. Enfin, il faudra que je rentre vers 18 heures car ma mère m'attend pour le dîner. » Comment résister ? Je réponds : « D'accord. » Et, c'est parti !

Son pouvoir est tel qu'un jour il a réussi à m'entraîner au cinéma voir (tenez-vous bien) *Alien vs. Predator*[2]. Sans mentir. Même aujourd'hui quand j'y pense, je n'arrive toujours pas à saisir ce qui a pu se passer dans ma tête pour que j'accepte. Si ce n'est pas une preuve AB-SOLUE d'amour. Je ne sais pas ce qu'il vous faut !

Les soucis apparaissent quand les choses ne fonctionnent pas comme il le souhaite. Il peut s'impatienter

1. Ça ne m'excite plus du tout aujourd'hui car je sais que c'est tout sauf un jeu. C'est la première manifestation de la lutte de pouvoir qui mine les relations femmes/hommes.

2. Nous n'avons pas vu que des daubes régressives au ciné. Nous avons aussi vu des films qui avaient trois *TTT* dans *Télérama* comme *Lost in Translation,* qui nous a bien déprimés, ou des films grand public comme *Un long dimanche de fiançailles.* Celui-là m'a bien plu. Je me suis immédiatement identifiée à Audrey Tautou qui a un handicap dans le film. Comme elle, je remuerais ciel et terre pour retrouver T. s'il avait disparu à la guerre... ou au supermarché.

rapidement. Il s'énerve pour ce qui me semble des broutilles, comme une commande qui arrive avec retard au restaurant ou une personne qui se met en travers de notre passage. Dans ces cas-là, son regard se durcit, sa mâchoire se contracte. Ses yeux verts deviennent deux rayons lasers qui découpent le monde en rondelles. J'ai la sensation d'avoir en face de moi une cocotte-minute sur le point d'exploser. Si je ne le connaissais pas, il me ferait presque flipper. J'ai peur qu'il finisse par devenir comme le type du livre *American Psycho*.

T. est un peu… radin.

T. fait celui qui invite mais il paie après avoir commenté l'addition pendant cinq minutes. Tout est trop cher, tout est du vol. *Oui, tout est cher, tu parles d'une nouvelle, on est à Paris ! Et, merci de me le faire remarquer avant de payer en me donnant l'impression que JE te coûte cher.*

N.B. : Quand T. a commencé à bien gagner sa vie, je reconnais qu'il a commenté l'addition moins longtemps, de cinq minutes on est passé à… deux.

L'argent est important pour lui. Il a peur d'en manquer. Il pense qu'être avocat, c'est s'assurer un bon niveau de vie. Professionnellement, il ira toujours vers des cabinets plus renommés où il sera mieux payé. Pour ma part, au contraire, à chaque changement professionnel jusqu'ici, j'y ai perdu financièrement mais je me suis rapprochée un peu plus de ce qui me plaît vraiment.

Nous devrions tous pouvoir vivre décemment de notre métier, mais je ne fais pas mes choix professionnels avec l'argent comme critère déterminant. Voilà ce qui explique sans doute que je ne sois pas dans le classement *GQ* des avocats les plus puissants de France.

Je ne juge pas les choix professionnels de T. Ce sont les siens, pas les miens. Quand je suis sortie de sa vie, il avait commencé une belle carrière et s'apprêtait même à entrer dans un cabinet d'affaires. J'ai essayé de l'encourager du mieux que je pouvais. J'ai estimé que je n'avais pas à lui imposer ma vision de notre métier. De mon côté, je n'ai jamais cherché à postuler dans ce genre de structures, simplement parce qu'elles ne m'intéressent pas.

T. fume.

Ce n'est pas vraiment un défaut, c'est juste pour que vous compreniez qu'il n'échappe pas au vice.

Je n'ai rien de spécial à dire sur le sujet, si ce n'est que la cigarette sent mauvais et est dangereuse pour la santé[1]. J'ai des problèmes respiratoires et la fumée m'empêche de respirer, mais T. ne le sait pas car je ne lui en ai jamais parlé. Je ne voyais pas l'intérêt de l'ennuyer avec ça. D'autant plus que mes parents fument aussi en ma présence. Pourquoi lui aurais-je demandé de prendre une précaution dont mes parents ne s'embarrassent pas ?

Il m'a toujours dit qu'il allait arrêter. Qu'il avait commencé pour se donner « une contenance » mais qu'il voulait arrêter. La dernière fois que je l'ai vu, il fumait encore.

1. À l'inverse du vin rouge, du vin blanc, du champagne et de la téquila qui sont très bons pour la santé, voyez.

T. ne danse pas.

Il dit qu'il ne sait pas danser.

Argument totalement irrecevable et mal fondé. Encore plus malvenu de la part d'un mec qui ressemble autant à John Travolta[1] (jeune). Je pense plutôt que T. ne danse pas parce qu'il a peur du regard des autres et qu'il a une image totalement figée de lui-même.

Incompréhensible pour une *Dancing Queen* comme moi[2]. J'adore danser. Je ne me prive jamais de le faire. Souvent les gens ont l'air étonné de me voir danser. Ils n'ont pas l'habitude de voir des gens en fauteuil, en général, et encore moins en train de danser. Parfois, je me demande si ce n'est pas le fait que j'aie l'air plus à l'aise avec mon corps qu'eux-mêmes et sexuellement désinhibée, dans cette circonstance, qui les perturbe…

De mon côté, je suis étonnée par ceux qui ne dansent pas, surtout quand ils ont l'air d'en avoir envie mais qu'ils ne se le permettent pas. Quand je danse, je me sens libre et ce que les gens pensent de moi, si vous saviez à quel point je m'en fous ! Vous n'avez pas idée ! C'est valable dans d'autres domaines par ailleurs. Le regard des autres ne m'empêche jamais de faire ce dont j'ai envie, sauf quand il s'agit de… T.

Depuis que je suis en primaire, j'organise des boums et des soirées. J'en ai fait un certain nombre, surtout

1. Il y a un peu de Danny Zuko (dans *Grease*) chez T., en moins caricatural quand même.

2. Je précise que je n'ai pas besoin d'être alcoolisée pour danser et faire n'importe quoi. Je danse sur presque tout, y compris *La Danse des canards*.

au collège et à la fac. C'est mon côté Cathy Guetta[1]. Certaines sont restées dans les annales, comme celle que j'ai organisée en quatrième.

Je n'aurais jamais obligé T. à danser devant tout le monde si cela représentait un vrai problème pour lui, mais on aurait pu danser ensemble juste une fois. Tous les deux seuls, sans que les autres ne le sachent. Je lui aurais montré qu'on se fiche de qui danse bien ou mal. L'important, c'est de s'amuser !

T. est Taureau.

Je ne sais pas s'il faut considérer que c'est une qualité ou un défaut mais on est du même signe astrologique. Deux Taureau.

À l'époque, j'ai fait de vagues recherches, histoire de savoir si deux Taureau ensemble, c'était à peu près compatible. Apparemment oui, mais ça peut faire des étincelles. Forcément, ça n'a pas loupé.

T. est né dix-huit jours après moi mais pas la même année (il a un an de plus que moi). Nos dates de naissance sont trop rapprochées pour que ce soit le hasard. C'est un signe.

T. est inconstant et fuyant.

Quand on l'appelle, il ne répond pas ou très rarement. Il pense que les portables sont une invention du diable qui

1. Vous ne savez pas qui est Cathy Guetta ? Mon Dieu, que vous êtes jeune… C'était la femme de David Guetta, le DJ. Son métier, c'est organisatrice de soirées. Un jour, j'ai vu un reportage sur elle dans *Envoyé spécial,* je crois. Elle connaît un max de gens, elle tape la bise à tout le monde. En la voyant, je me suis dit : « Ça alors, on dirait moi à la fac ! »

nuit gravement à la vie privée[1]. Je ne vous conseille pas de lui laisser votre numéro en chantant *Call Me Maybe* car il y a des chances qu'il ne retienne que : le *maybe*, qui dans son dictionnaire signifie « jamais ».

Quand on lui laisse un message, il ne rappelle pas, contrairement à ce qu'il prétend sur son répondeur (gros mytho va !). Quand vous lui envoyez un mail, idem. Ou alors il répond, mais un mois après et une fois sur six. Quand il promet qu'il va passer à une soirée, il y a des chances qu'il ne vienne pas, et non seulement il ne vous préviendra pas, mais il ne s'excusera pas non plus ; sauf si, comme moi, vous faites la chieuse et lui rappelez un concept surfait : la politesse.

T. est une anguille.

Du coup, on ne peut pas vraiment compter sur lui. Si vous avez un problème grave à quatre heures du matin, mieux vaut passer au nom suivant dans vos contacts. T. ne dort pas avec son téléphone, il a insisté un jour sur ce point.

Ses expressions préférées sont « peut-être », « on verra », « je ne promets rien » et « on s'appelle ». Sauf que lui n'appelle *jamais* personne. Un jour où je n'en pouvais plus de cette phrase qui ne veut rien dire, je lui ai demandé : « ON ? C'est qui ON[2] ? » Il m'a répondu : « On est un con », le crétin.

J'allais oublier : quand vous prenez rendez-vous avec T., il faut ensuite confirmer et même reconfirmer la

1. En cela, on peut dire qu'il aura été un visionnaire parce que désormais, surtout depuis l'invention du smartphone, je suis en total accord avec lui. Cet objet est démoniaque.

2. « ON », c'est moi en fait. Je le sais.

confirmation… Le genre de système qui me donne envie de hurler.

Cette inconstance est difficile à vivre pour moi et je considère que c'est une sorte d'égoïsme. Il ne voit les gens que quand *lui* en a envie. Jamais il ne pense que les autres peuvent avoir besoin de lui, de son avis, de son soutien et qu'il peut les blesser gravement avec ce comportement.

À plusieurs reprises, je l'ai invité à mon anniversaire. Chaque fois, il a accepté l'invitation immédiatement et même une fois promis qu'il allait venir, sans respecter sa parole. La seule soirée d'anniversaire à laquelle il ait assisté chez moi est celle pour laquelle j'ai posé un ultimatum : « Si tu ne peux pas venir, dis-le-moi clairement, ce n'est pas grave. Mais si tu me dis que tu viens, tu viens. Sinon, c'est fini entre nous. » (Ça n'a jamais vraiment commencé mais peu importe.) Il a dû flipper parce qu'il s'est pointé, et il m'a même offert un cadeau. Un cadeau qu'il m'a demandé d'ouvrir avant que le reste des invités arrive, alors qu'on était tous les deux seuls dans ma chambre. Le cadeau, c'était un collier ! Un super collier qui m'allait trop bien. Pile la bonne longueur. On aurait dit qu'il avait été fabriqué pour moi. Comment T. a-t-il fait pour trouver la bonne longueur ? Personne n'y arrive jamais…

T. aime beaucoup sa mère.

C'est bien d'aimer sa maman. Mais est-ce qu'on peut parler franchement ? C'est quoi le problème des hommes avec leur mère ?

T. parle beaucoup de sa mère. Il se sent responsable d'elle. Il pense qu'elle a besoin de lui et que c'est son rôle de la protéger.

Les parents de T. ont divorcé quand il était adolescent. Manifestement, c'est l'élément marquant de son existence, le début des doutes et de l'insécurité. Je n'ai jamais su ce qui s'était passé exactement mais il me paraît clair que T. a pris le parti de sa mère. Il aime son père, il en parle aussi mais, à ses yeux, celle qui a souffert et qu'il doit soutenir, c'est sa mère.

Du temps de notre relation, j'ai du mal à saisir ses difficultés car mes parents sont encore mariés. Au moment où ça se termine avec T., ils sont en train de divorcer. Ce que j'ai entendu de sa bouche au sujet du divorce prend alors un nouveau relief. Tout est vrai. Même adulte, on prend parti, on se sent tiraillé. On voudrait emménager dans une grotte et ne plus entendre parler de personne.

À propos du lien de T. avec sa mère, soyons magnanime. Qui suis-je pour le critiquer à ce sujet ? Ai-je moi-même réglé mon « complexe d'Œdipe » ? Assurément pas. La preuve suprême, c'est T. justement. Sur de nombreux aspects de sa personnalité, il a beaucoup (trop) de points communs avec mon père. Pure coïncidence ? Je ne crois pas. Suis-je amoureuse d'une version récente et améliorée de mon propre père[1] ? Ce qui est sûr, c'est qu'il y a chez lui des traits de caractère qui me sont très familiers.

La mère de T., je l'ai souvent eue au téléphone quand j'appelais chez lui et je l'ai rencontrée à la prestation de serment de son fils. Je l'ai trouvée plutôt sympathique

1. Au secours !

et lumineuse. Elle lui ressemble beaucoup physiquement. J'avais presque envie de lui demander : « Comment avez-vous fait pour créer un *être de lumière* comme T. ? » Mais j'ai eu peur qu'elle comprenne que nous avions un sujet d'adoration commun – son fils – et qu'elle le mette en garde contre moi.

T. est solitaire et compliqué.

Bon, vous avez combien d'heures devant vous là ? Parce que... je ne sais pas par où commencer.

T. est faussement ou disons superficiellement sociable. Comment vous expliquer ?

T. peut être adorable et très chaleureux avec de parfaits inconnus. En deux minutes il peut vous charmer quelqu'un à l'occasion d'une conversation banale dans un ascenseur, mais cela restera sans suite. Dès qu'il s'agira d'approfondir une relation, de s'impliquer, de s'engager, il n'y aura plus personne. Il prend un malin plaisir à décourager les gens qui veulent le connaître et se rapprocher d'un peu trop près. De promesses non tenues en soirées manquées et appels non passés, il conduira la plupart de celles et ceux qui s'y essaient à abandonner toute idée de devenir son ami(e). Si je suis parvenue à entrer dans sa vie, il faut être honnête, c'est parce que je me suis incrustée. J'ai planté mes griffes très profondément dans son cœur. Je n'ai rien lâché.

T. dit qu'il aime la solitude, que les gens sont cons ou l'ennuient, qu'il n'aime pas trop les soirées, les endroits bruyants. Il prétend qu'il n'a pas besoin d'avoir plein d'amis et se sent rapidement oppressé par autrui.

Toutes ces conversations avec T. m'ont beaucoup fait réfléchir. J'avais toujours considéré la solitude comme une situation subie, une source de difficulté (impossibilité de trouver de l'aide en cas de besoin), et un marqueur d'exclusion signifiant qu'on ne parvient pas à s'intégrer. J'ai donc tout fait pour éviter d'être seule, notamment à l'école. En côtoyant T., je découvre quelqu'un qui pourrait être très entouré s'il le voulait et qui s'emploie à créer le vide autour de lui. Je suis perplexe.

La solitude comme un choix ? Je n'y avais jamais pensé.

Même en dehors de l'université, je suis rarement seule. Chez moi, il y a ma famille. Je ne sors jamais seule parce que c'est trop compliqué à organiser. T. dit qu'il a besoin d'être seul. Pourquoi je n'ai pas ce besoin ? Si en fait, je l'ai aussi, je m'en aperçois en discutant avec lui. La différence, c'est que je n'envisage pas la solitude comme une possibilité. Je ne fais quasiment rien seule parce que je pense que ce n'est pas possible et même dangereux. Je trouve des subterfuges pour m'isoler, ce que ma famille me reproche parfois, comme celui d'être présente physiquement tout en étant ailleurs, dans mes pensées, mon monde intérieur, celui auquel personne n'aura jamais accès.

Ces réflexions m'ont été bénéfiques et, peu de temps après avoir rencontré T., je me suis mise à faire des choses seule. Des choses bêtes, comme les soldes par exemple. Quand j'achète des vêtements ou du maquillage, j'ai toujours quelqu'un de mon entourage pour me presser et m'imposer son rythme. C'est fatigant. Il y a des achats que j'ai envie de faire tranquillement et seule. Ce n'est pas simple à organiser mais c'est faisable.

T. soutient que la solitude est un choix, je veux bien le croire, mais parfois je me demande dans quelle mesure il ne la subit pas aussi…

En fait, si T. limite au maximum les relations sociales, c'est surtout parce qu'il ne veut pas que les gens sachent qui il est vraiment : c'est-à-dire un mec ordinaire, très éloigné de ce que les gens projettent sur lui. Un mec parfois un peu perdu, qui ne sait pas encore qui il est, ni ce qu'il veut exactement[1], et qui est prisonnier de son image de « beau brun ténébreux[2] » comme Don Draper[3]. Ce rôle de mâle alpha, qu'il pense qu'on lui a attribué pour la vie et qu'il se sent obligé de jouer, lui pèse.

Je détecte chez lui un sentiment que je reconnais bien : le syndrome de l'imposteur. Il se développe insidieusement chez tous ceux qui suscitent beaucoup de fantasmes, qu'ils soient négatifs ou positifs, à partir d'un seul élément de leur personne auquel ils sont sans cesse ramenés ou identifiés. Pour moi, cet élément est le handicap. Pour T., c'est son physique plus agréable que la moyenne.

Quand T. en a assez de faire semblant d'être ce *mâle confiant*, qui a tout ce dont on peut rêver et qui DOIT réussir dans tous les domaines, il s'isole ; c'est le meilleur moyen de ne pas prendre de risque, de ne décevoir personne et de se protéger lui-même contre la déception.

1. Personnellement, j'ai toujours eu la sensation de savoir exactement ce que je voulais dans la vie. La vraie question a surtout été : comment y arriver ?

2. Si vous voulez comprendre ce que provoque les hommes comme T. autour d'eux, je vous recommande de lire la note *Le Ténébreux* du dessinateur Boulet. Elle me fait mourir de rire.

3. Le héros de la génialissime série *Mad Men*. Ma série préférée de tous les temps.

Le résultat de la manœuvre est réussi : T. est plutôt seul. Peu entouré. Il a quelques copains, quelques copines, dont il ne donne jamais le prénom.

Je ne lui ai connu qu'un seul véritable ami. Il est apparu sur le tard et subitement à l'École de Formation du Barreau. Il s'appelle B. Je ne l'ai croisé que deux fois. La première fois à la prestation de serment de T., parce qu'ils prêtaient serment le même jour. Après m'avoir saluée, il m'a dit : « J'ai beaucoup entendu parler de toi. » Je n'ai pas eu plus de précisions.

D'une façon générale, j'ai remarqué que T. s'entend surtout avec des hommes qui lui ressemblent. Des hommes qui jouent dans la catégorie « BG sérieux et intelligents » mais avec une tendance plus mondaine que la sienne. Dans la mesure où ces gars-là ont eux-mêmes leur propre public et fan-club, il n'y a pas de concurrence possible, et ils peuvent même comprendre ce que T. vit.

À force de s'isoler, quand T. a un problème ou se pose des questions, il n'a presque personne à qui parler. Du coup, il perd vite pied. Il rumine pendant des semaines, ne répond plus à personne. Pour l'empêcher de se noyer, il faut s'accrocher. J'ai du mal à lui faire comprendre que pour dénouer une difficulté, il faut parler avec d'autres personnes, des gens de confiance : des amis.

T. est très sensible.

C'est une qualité également, qui explique qu'il soit si intelligent. D'ailleurs, c'est en découvrant sa chambre (l'unique fois où je suis allée chez lui) que je l'ai compris.

Tout était joli dans sa chambre. Elle était pleine d'objets, de cartes postales, d'affiches, de CD, de livres qui montraient des goûts variés pour les arts et les belles choses. Lorsque j'ai décrit sa chambre à ma mère, elle m'a dit : « C'est la chambre de quelqu'un qui passe beaucoup de temps dans sa chambre. » (Ma mère est un génie.)

Il arrive cependant que sa sensibilité lui joue des tours. T. peut se montrer très triste, sombre et torturé. Il essaie de donner le change mais je sens bien que les ténèbres sont sur le point de l'engloutir. Quand je le vois comme ça, je suis désespérée. Je cherche quoi dire, quoi faire pour qu'il se sente mieux, pour le rassurer. Je m'inquiète. Je le sens fragile *comme un Tuc soufflé*[1].

En règle générale, je suis douée pour remonter le moral des gens[2]. Je cherche et je trouve les mots qui peuvent les aider. Avec T., c'est différent. Tout ce que je dis quand il va mal tombe à plat. Il n'entend pas parce qu'il ne m'écoute pas.

T. me dit parfois qu'il a pleuré. Je le crois et je suis triste pour lui. Je ne fais pas partie des filles qui pensent qu'un homme qui pleure *c'est mignon*. Les hommes pleurent, je le sais. Tout le monde pleure (même moi, c'est dire !). Pleurer, c'est humain. Un homme qui pleure, c'est comme une femme qui pleure, il faut trouver pourquoi, le réconforter, chercher d'où vient la souffrance pour la soulager.

1. J'ai lu cette expression dans un magazine féminin. J'ai tout de suite pensé à lui. Le Tuc soufflé est un gâteau sec très friable, qui se brise sous vos doigts avant même que vous n'ayez eu le temps de le porter à votre bouche…

2. Dans une prochaine vie, je serai coach de vie.

Avec T., je suis face à quelqu'un qui ne s'autorise pas à être lui-même. Il me donne l'impression de s'être enfermé dans sa propre prison, et j'ai peur qu'il finisse par en perdre la clef.

T. est-il dépressif ? Est-ce juste un passage ou est-ce un élément permanent de sa personnalité ? Je n'ai jamais su.

***

En récapitulant, vous constaterez que, comme tout un chacun, T. a les défauts de ses qualités. C'est l'une des choses que je trouve les plus passionnantes dans la nature humaine : nous sommes tous traversés par des émotions, des traits de caractère ou des idées ambivalentes, voire contradictoires.

Selon une expression courante, il paraît que « l'amour rend aveugle ». Outre son caractère validiste[1], je trouve cette formule très contestable. L'amour n'altère pas forcément la clairvoyance et la lucidité. Il rend attentif aux moindres détails, même les plus infimes, et n'empêche pas de voir les défauts de l'autre mais permet de les accepter.

1. Que se passe-t-il alors quand l'amour concerne des personnes ayant déjà un handicap visuel ?

Épisode 3

On peut bien rire de moi, je ferais n'importe quoi, si T. me le demandait

J'aime T., je vous l'ai dit, mais je ne vous ai pas dit à quel point.

Place à la niaiserie !

Je l'aime de tout mon cœur, de toute mon âme. Je ferais n'importe quoi pour lui. Si ça pouvait servir à quelque chose, je lui donnerais ma vie. Je m'ouvrirais les veines pour lui, mais je ne peux pas. Ma mère m'a dit que si j'avais envie de me suicider, « merci de ne pas salir la moquette et en foutre partout[1] ».

L'amour, celui qui m'intéresse moi, c'est celui que décrit Édith Piaf dans *L'Hymne à l'amour*. Ce n'est pas

1. Ma mère n'est pas le genre de personne à qui il faut confier le téléphone de SOS AMITIÉ. À cause de sa réflexion, mon projet de mourir après avoir écrit « J'aime T. » avec mon sang sur le mur a dû être annulé.

quelque chose de mesuré, de tiède et de raisonnable. Il faut que ça craaame ! Sinon ce n'est pas de l'amour, c'est… de l'affection, de l'amitié, de l'habitude ou je ne sais quoi. Il y a beaucoup de gens d'ailleurs qui me donnent l'impression d'être en couple par commodité. Parce que c'est plus avantageux pour le loyer, la cuisine, les courses, sans parler du fait qu'il vaut mieux éviter de se séparer pour ne pas traumatiser les enfants[1].

Il y a des jours où je me rends compte que j'aime T. comme s'il était de ma propre famille. Je l'aime comme un homme, mais aussi parfois comme un enfant (non, là je ne suis pas passée à Lara Fabian, c'est bien de moi), parce qu'il est très puéril dans certains domaines. J'irais jusqu'à dire que je l'aime comme une partie de moi ou… plus que moi-même, en fait ! Et ça… c'est terrifiant.

Une fois, je me suis même dit que si j'étais un homme, j'aimerais être lui pour savoir ce qu'il a dans la tête et ce que ça fait d'être aussi *swag*[2].

1. *Guess what* ? Ils sont déjà traumatisés, et depuis un bail, du simple fait d'être nés.

2. Mais puisque je vous dis que je n'ai pris aucune drogue ni pendant la rédaction de ce texte, ni durant mon amitié avec T. !

Épisode 4

Je l'aime et je le hais

Je l'aime mais d'un autre côté… il m'exaspère au plus haut point. Entre l'amour et la haine, la frontière est ténue je trouve, pas vous ?

Ses défauts me rendent malade, surtout son côté fuyant et inconstant qui m'insécurise. Je suis persuadée que s'il ne me rappelle pas ou ne me répond pas, c'est parce qu'au fond il doit me détester. Il fait semblant de m'apprécier. Ou pire… je l'indiffère. Ou alors… j'ai fait quelque chose de mal sans le savoir, mais quoi ? Non, en fait, il a compris que je l'aime et il ne veut plus me voir. C'est ce qui pourrait m'arriver de pire.

Un jour, T. m'explique qu'il est comme ça avec tout le monde. J'en doute. Je mettrai plusieurs années à comprendre que c'est vrai. Avec sa phobie du téléphone et du mail, il y a des moments, je vous jure, j'ai juste envie de le trucider. De le démanteler. De lui faire subir le même sort qu'Adam Levine[1], le chanteur de Maroon 5, dans le clip de la chanson *Misery*.

Par-dessus tout, je lui en veux de ne pas s'apercevoir que je l'aime alors que – franchement – *It's obvious* ! Comment fait-il pour ne pas s'en rendre compte ? Il se fout de moi ? Ou bien il est naïf à pleurer. Il préfère peut-être les hommes. J'y ai pensé. Je ne dois négliger aucune hypothèse, mais je n'ai pas l'impression que ce soit l'explication. Hé ho, réveille-toi mon gars !

T. m'énerve mais le plus horripilant est que je ne peux décemment pas lui en vouloir car j'ai LES MÊMES défauts que lui !

Je suis *control freak*, anxieuse au dernier degré, obsessionnelle, autoritaire – si j'étais un homme, on dirait plutôt que j'ai du *leadership* –, tyrannique peut-être, probablement égoïste. Pleine de doutes. Je ne me pardonne rien. L'échec, concernant mes études par exemple, n'est pas une option acceptable[2]. Je peux être impatiente et je m'énerve aussi rapidement, mais pour des raisons différentes de T. Les gens se trompent lourdement sur mon compte, comme ils se trompent sur le sien, et il m'arrive souvent de devoir faire semblant à l'université.

Je suis un mélange de Bree Van de Kamp pour le côté rigide (mais en moins conservatrice, disons version gauchiste) et de Gabrielle Solis[3] pour l'aspect superficiel

1. Adam est très mignon mais T. l'est encore plus. Il a de bien plus grands yeux.

2. Je ne peux pas me le permettre, pas après tout ce que mes parents ont fait pour que j'aie la meilleure vie possible. Les études sont la seule chance que j'ai de m'en sortir !

3. Mes deux personnages préférés de *Desperate Housewives*.

et latino-expansif (en moins matérialiste). Comme T., j'intériorise tout. L'expérience m'a appris qu'il y a deux émotions qu'il m'est interdit de laisser transparaître en public et qui sont, quoi qu'il arrive, dangereuses et stériles.

1/ Le désespoir total

Je pleure peu – les larmes ruinent mon maquillage[1] –, et surtout pas en public. J'ai tendance à penser, comme la collègue japonaise d'Amélie Nothomb[2], que pleurer devant tout le monde est le summum de l'humiliation. Si je pleure, les gens pourraient s'imaginer que j'essaie de les apitoyer. Cette idée me fait horreur. J'ai la réputation, en plus, d'être une connasse sans cœur. Je tiens beaucoup à ma réputation. Non, il ne faut pas pleurer, il faut ravaler ses larmes. On apprend vite. Il suffit de respirer profondément et d'attendre d'être rentré à la maison.

Un jour, une infirmière à l'hôpital qui a dû se rendre compte que j'étais bloquée de la larme m'a dit : « Vous pouvez pleurer, vous savez… » Je suis au courant ! Mais non, si j'ai le choix, il n'y a que chez moi, devant ma mère, que je pleure. Ma mère me connaît. Elle sait ce que j'ai traversé puisqu'elle en a été le témoin numéro 1. Évidemment ça ne lui fait pas plaisir de me voir triste, mais elle SAIT que ce n'est pas parce que je pleure que je suis faible. Je pleure parce qu'il faut que ça sorte à un moment donné, vous comprenez, je ne suis pas en acier.

1. Mon maquillage est une œuvre d'Art à part entière qui ne souffre aucun outrage.
2. Dans *Stupeur et tremblements*.

Comme je n'aime pas les larmes, les gens qui pleurent, je veux dire ceux qui pleurent beaucoup et tout le temps, m'agacent rapidement. Nous n'avons pas tous la même sensibilité, je le sais bien, mais je soupçonne certaines personnes de se servir des larmes pour manipuler les autres. Je distingue clairement ceux qui craquent parce qu'ils n'en peuvent plus et les pleurnicheurs…

Je me méfie de tout ce qui est « émotionnel ». L'émotion est un moyen de manipulation et empêche de penser[1]. On peut être sensible sans tomber dans la sensiblerie.

2/ La colère totale

À moins que vous n'ayez le privilège d'être de ma famille (ces gros veinards qui me connaissent vraiment et sont obligés de m'aimer quand même), il y a peu de chance que vous me voyiez – réellement – en colère.

La colère est mauvaise conseillère. Elle fait faire n'importe quoi. Elle est destructrice. Je déteste quand je suis obligée de constater qu'elle est en train de m'envahir, mais forcément cela arrive parfois (dès que j'écoute la radio, que j'allume la télé ou que je vais sur Twitter). D'autant qu'avec mon métier, il est compliqué de rester totalement zen. Mon rôle consiste parfois à me mettre en colère dans l'intérêt de mes clients.

Quand je suis en colère *level 4*[2], je me fais tellement peur que j'arrête tout. Je ne parle plus. Je n'envoie pas de

1. Regardez un peu la part qu'elle prend dans la façon dont les médias nous présentent l'actualité.

2. Le *level 5* n'a jamais été atteint. Si je l'atteins un jour, ce sera la surprise, je ne sais pas du tout à quoi m'attendre. Si ça arrive, je vous conseille de trouver un abri.

SMS ou de mail. J'évite de passer des appels. Je m'interdis d'agir, pour ne pas avoir à le regretter. J'attends d'avoir recouvré mes esprits.

La méthode que j'ai élaborée pour évacuer rapidement la colère est la suivante : j'essaie de comprendre d'où elle vient exactement, ce qui l'a provoquée. Je la dissèque et, une fois que c'est fait, elle se dissipe. Non, en fait… elle se transforme. Elle se transforme en rage, puis en énergie.

L'énergie est constructive. Elle permet de dessiner, d'écrire, de travailler, de créer, de trouver des idées, de résoudre des problèmes, de rencontrer des gens géniaux, d'agir. Cette énergie est flippante aussi. Quand elle est à son maximum, elle me donne l'impression que rien, ni personne ne peut m'arrêter. Je pourrais pulvériser d'un revers de main tout ce qui se dresse sur mon passage.

Comme je passe beaucoup de temps à canaliser et évacuer ma colère, je ne supporte pas les gens qui laissent éclater la leur en public. Les gens qui crient, qui s'emportent soudainement sans que l'on sache pourquoi, qui agissent et parlent sans y mettre les formes ou réfléchir aux conséquences, m'horripilent. Ne pas admettre chez les autres ce que l'on ne s'autorise pas soi-même, c'est humain j'imagine.

La seule émotion qu'il me semble naturel d'exprimer en public finalement, c'est la joie. La joie, l'enthousiasme, j'ai le droit. Tout ce qui est positif, je ne m'en prive pas. En plus, je suis alchimiste, j'ai le don de transformer la merde en or[1]. Il y a des jours où je positive tout ce qui

1. Ma mère a ce don également, comme pas mal de mes amies, cela n'a donc rien à voir avec le handicap, mais plutôt avec votre parcours et votre faculté de résilience.

m'arrive de naze à un point qui en devient quasi pathologique et difficilement supportable pour les autres.

Un jour, mon ami G. me dit : « ARRÊTE de tout positiver ! » Je suis à l'hôpital, avec une jambe cassée. Je viens d'avoir un accident de voiture avec mes parents en rentrant de vacances. Je lui raconte que j'ai vraiment eu de la chance. Ma famille n'a plus de voiture, ma jambe est cassée, je ne vais pas pouvoir faire le stage que j'ai décroché à la Ligue des droits de l'Homme mais… je m'en fous car j'ai beaucoup de chance ! Mes parents et ma sœur n'ont rien. Je suis la seule blessée, ce qui est normal puisque mes os sont fragiles. Ce n'est pas génial ?! Nan, franchement ça va bien. G. me rétorque abasourdi : « Mais… tu aurais aussi pu ne PAS avoir d'accident. » Mmm… Intéressant. Cette idée ne m'a pas effleuré l'esprit une seule seconde avant qu'il ne m'en parle.

Les emmerdes me semblent normales. Je ne connais que ça depuis que je suis née. C'est quand tout va trop bien que je panique. Je n'ai pas l'habitude. Je me dis que c'est louche, il y a forcément une catastrophe qui se prépare. Une tuile énorme. Ce sera peut-être la dernière, celle qui viendra – enfin ! – m'anéantir[1].

« Quand on s'attend au pire, on n'est jamais déçu » *dixit*, paraît-il, les Monty Python. Je ne peux qu'approuver. Disons que je suis une pessimiste joyeuse, ou une optimiste sombre.

1. Grâce au dessinateur Rakidd, je sais que je suis chérophobe. Je fais partie de ces gens singuliers qui craignent d'être trop heureux par peur qu'un événement tragique ne survienne pour les punir.

T. m'exaspère et c'est réciproque, je pense. Il m'apprécie mais il me trouve dure à cuire, exigeante, même intransigeante. J'ai l'air trop forte, trop sûre de moi. Je n'ai pas cette fragilité visible, cette fameuse *douceur* qu'ont les femmes « comme il faut » et qu'il voudrait voir chez moi. Cet aspect de ma personnalité le déstabilise et lui déplaît profondément. Un jour, il finira par me le faire comprendre.

Épisode 5

Let's talk about sex

Là, ça y est vous êtes tous contents ! Vous vous imaginez je ne sais trop quoi. Je vous préviens, vous allez être grave déçus, et cela prouve, en plus, que vous n'êtes pas attentifs ! Je vous ai dit depuis le début que T. et moi, on n'est JAMAIS sortis ensemble.

Non, ce que je veux raconter là, c'est que T., il est quand même canon. Il me donne vraiment chaud. Ouvrez cette fenêtre-làààààà, j'en peux plus… De ce fait, quand il se rapproche trop près de moi (d'ailleurs il est chiant lorsqu'il fait ça), mon premier réflexe est de m'éloigner de peur de mourir d'une combustion spontanée. Riez, riez. Ce phénomène existe, je l'ai vu dans un épisode de *X-Files*. J'essaie, par conséquent, de maintenir une certaine distance physique qui me paraît nécessaire et appropriée à la situation. Je ne le touche pas, au contraire, j'évite. Au cinéma, je me cale sur le siège mais pas de son côté, à l'opposé.

Hein, quoi ? Évidemment que j'ai envie de le toucher, ce n'est pas la question ! J'ai même envie de lui sauter dessus, de lui arracher ses vêtements et de lui proposer des tas de trucs pas très catholiques[1]. Je ne pensais pas avoir autant d'imagination… T. est incontestablement le premier homme avec qui j'ai sérieusement envisagé de faire l'amour[2]. Mais… je ne peux pas me jeter sur lui comme ça, sans autorisation. Ça ne se fait pas, figurez-vous ! Je vous signale, à toutes fins utiles, que cela s'appelle une agression. La prof l'a dit en droit pénal spécial[3]. Je fais donc très attention. Je me tiens bien. Je ne m'approche pas.

Lui, en revanche, parfois, je ne comprends pas. Quand on s'attable quelque part, il me dit : « Rapproche-toi, t'es trop loin de moi. » Une fois, au cinéma, il a chouiné en entrant dans la salle : « Je veux qu'on soit l'un à côté de l'autre. » Cette phrase m'a bien fait rire. J'ai répondu : « Ben, évidemment qu'on va être sur des sièges l'un à côté de l'autre, où tu crois qu'on va se mettre ? » T. a cru que je serais obligée de m'installer dans l'espace réservé aux fauteuils roulants[4]. « Mais non ! On va choisir deux sièges

1. Des choses dont je ne peux pas vous parler car je ne sais pas si vous êtes majeur(e). De plus, je suis avocate et ma déontologie m'interdit de porter atteinte à l'image, à l'honneur et à la dignité de la profession.

2. J'utilise volontairement cette expression du XIXe siècle qui a encore du sens pour certaines personnes.

3. Très sérieusement, je pense qu'il ne faut jamais faire ça à quelqu'un. Que l'on soit un homme ou une femme, il vaut mieux demander la permission avant. Ceux qui pensent que ça casse l'ambiance se fourvoient, c'est *hot*.

4. De nombreuses personnes handicapées auront pu le remarquer, les places dites « PMR » pour les Personnes à Mobilité Réduite, dans les cinémas, les théâtres, les salles de spectacle sont toujours séparées des autres places. Il est manifestement difficile de concevoir qu'une personne handicapée puisse venir avec un ami, ou mieux un *date*, un conjoint et/ou leur(s) enfant(s), bref une ou plusieurs personnes valides, qu'elle aurait envie d'avoir à côté d'elle et pas cinq mètres plus loin.

bien centraux. Tu vas me porter et m'asseoir à côté de toi. On sera l'un à côté de l'autre, au milieu de la salle, là-bas ! »

Quand il veut me parler au musée, T. s'approche et se baisse, comme le jour où je l'ai rencontré, pour que l'on soit au même niveau et près l'un de l'autre. Il est aussi capable de boire dans mon verre ou de manger dans mon assiette. Je n'ai pas la gale à ses yeux et il n'est pas hypocondriaque – contrairement à moi – ou stressé par les germes, de toute évidence. En général, je ne trouve pas ça très hygiénique mais, venant de lui, ça ne me dérange pas.

Globalement, T. n'a pas l'air gêné par la proximité physique avec moi, il me donne l'impression de la rechercher plus que moi. Me porter par exemple semble presque lui faire plaisir. Cela dit, je ne pense pas que ce soit du désir. Non, je ne crois pas. Cette idée est inconcevable pour moi. Je pense plutôt qu'il me prend pour une sorte de peluche[1]. Un truc de cet ordre-là.

Je ne sais pas combien de fois on s'est vus en tout (je n'ai pas tenu de décompte), mais j'ai dû le toucher trois ou quatre fois maximum.

Une fois, devant le musée du Jeu de Paume, j'ai donné un coup sur sa braguette par inadvertance avec ma main. « Oups, pardon, vraiment désolée. » La honte totale. Heureusement, plus de peur que de mal. Je n'ai rien abîmé. Tant mieux, je m'en serais beaucoup voulu d'avoir déplacé quelque chose dans cette zone-là.

Le dernier jour, au Louvre, je lui ai pris la main pour l'entraîner vers une autre salle du musée. Je savais qu'on ne se reverrait pas, je me suis dit que ce n'était pas bien méchant et qu'il ne m'en voudrait pas.

1. Une peluche qui pique un peu, mais une peluche quand même.

Bien sûr, je ne compte pas les bises de bonjour à deux balles qu'il a lui-même instaurées entre nous[1]. J'exclus aussi toutes les fois où il a été obligé de me porter. Ça ne compte pas parce que c'était *par obligation*.

Rapidement, la deuxième année de notre relation, la question s'est posée de savoir si j'autoriserais T. à me prendre dans ses bras par nécessité, pour m'aider à m'installer dans un taxi, par exemple. Pour aller au cinéma ou pour monter des escaliers, etc. L'idée ne m'enchantait pas. Je n'aime pas qu'on me touche[2] d'une façon générale et je n'avais pas envie de cette « fausse proximité » qui me rappelait en plus le fond du problème : je ne suis pas une fille comme les autres, il est *obligé* de me porter pour faire des activités avec moi.

Au bout du compte, j'ai fini par accepter pour une raison simple. Maintenir une stricte interdiction équivalait à réduire à une peau de chagrin le spectre de nos possibilités de sorties. J'ai donc accepté à contrecœur. Je ne le vivais pas bien du tout. J'osais à peine bouger pour ne pas qu'il pense que j'essayais de profiter de la situation. Je n'avais qu'une inquiétude : qu'il s'aperçoive que mon rythme cardiaque était anormal[3].

Un jour, ma copine A., en me voyant tergiverser en rédigeant un simple texto à T., s'est exclamée : « Mais

1. J'ai toujours été pour l'abolition de cette tradition française bidon, hypocrite et qui véhicule les microbes. Comment imaginer qu'un jour l'actualité me donnerait à ce point dramatiquement raison…

2. Moi-même je ne touche que les gens que je connais et que j'apprécie réellement.

3. Cela ne s'est jamais produit car T. n'a pas fait médecine.

t'as vu dans quel état tu te mets pour un SMS ? Qu'est-ce qui va se passer le jour où vous allez coucher ensemble ? » (A. a beaucoup d'imagination.) Néanmoins, sa question était ô combien pertinente. Elle est la seule à avoir sérieusement pensé à cette éventualité. J'ai répondu : « C'est simple, j'ai prévu de faire une crise cardiaque. » On a éclaté de rire !

Épisode 6

Love at first sight

Comment j'ai rencontré Mister T. ?

Notre rencontre est d'une banalité affligeante pour deux étudiants en droit.

J'ai 23 ans. Je suis dans les couloirs de l'université. Devant l'amphi III, en avance comme d'habitude, pour le premier cours de la journée. R. (un copain) arrive et nous commençons à discuter tranquillement des travaux dirigés (TD) de cette année, qui ont débuté deux semaines plus tôt. Un type sur la droite, que je ne connais pas, se rapproche de nous.

Apparemment R. le connaît, ils sont en TD ensemble. Ce mec que je n'ai jamais vu se plante pratiquement devant moi et se met en position accroupie pour être au même niveau que moi et engager la conversation. Nous continuons à parler tous les trois et ce gars sorti de nulle part mentionne l'existence d'une version dactylographiée[1]

1. « Dactylographiée » yep ! Innovation technologique majeure ! Je vous l'ai dit, cette histoire ne date pas d'hier…

des cours de procédure civile qu'il peut obtenir et qu'il est prêt à partager avec nous.

Pendant qu'il s'adresse à moi et que je lui réponds, il me vient les réflexions suivantes : « Mais, il sort d'où ce mec ? Je ne l'avais jamais vu avant. Il est nouveau à Paris I. Il vient de le dire. Tout s'explique. Il vient de Paris II. Assas ? Un facho ? Ah, non (ooouf), il n'a pas aimé Paris II et il a décidé de changer de fac. Intéressant… Il est vraiment sympa… Très sympa même… Il est pas mal en plus… Il est plus que pas mal… Il est carrément mignon ! Il a l'air tellement gentil… Il y a quelque chose de spécial dans ses yeux. Un truc qui brille. Qu'est-ce que ça peut bien être ? C'est quoi cette lumière… »

Je regarde plus attentivement encore dans ses yeux. Subitement, je comprends. Je crois savoir ce que je vois. Ce qui brille intensément et m'éblouit avec l'ensemble de sa personne, c'est son âme. Je vois son âme ! Là, maintenant ! Au moment même où il me parle !

À la seconde où je l'ai réalisé, j'ai été comme frappée par la foudre. Vous pouvez vous moquer, c'est la vérité ! En un instant, le couloir de la fac s'est vidé, balayé par un courant d'air. Il ne restait plus que lui et moi[1]. Tout est devenu flou et mouvant autour de nous.

Les portes de l'amphi s'ouvrent. Je redescends sur terre. Il est l'heure d'entrer en cours. Tout le monde se sépare pour aller s'installer. Pendant tout le cours (une heure et demie ? deux heures ? trois ?) IM-PO-SSI-BLE de me

1. En réalité nous ne le sommes pas du tout, seuls. Il y a R. depuis le début. Il y a mon ami G., qui vient d'arriver. Il y a mes copines aussi. Il y a de plus en plus de monde autour de nous.

concentrer. Je pense à ce mec que je viens de rencontrer. « Mais pourquoi je ne l'avais jamais vu avant ? Je connais bien l'amphi, j'ai déjà repéré tout le monde. Comment a-t-il pu m'échapper ? J'aimerais lui parler à nouveau pour comprendre ce qui s'est passé, mais comment le retrouver ? Il y a quand même du peuple dans cet amphi. Comment je vais faire ? Je ne connais même pas son prénom ! »

Le cours est déjà fini. On a une pause assez longue et avec mes copines, nous décidons de sortir du côté de la rue Saint-Jacques. Cette sortie n'est pas pratique, il y a des marches et je vais devoir me faire porter. Arrivée devant les escaliers, devinez qui je vois ? Encore lui ! Si j'étais parano, j'aurais juré qu'il m'attendait. Il me demande si j'ai besoin d'aide pour descendre. Il me propose ça d'une façon tellement naturelle que je suis sciée. Comment il fait pour être si gentil ? Ce type n'est pas humain. Je suis un peu gênée parce que mes copines sont là, et la vérité est que nous n'avons pas vraiment besoin de lui mais… j'accepte quand même !

— D'accord, tu n'as qu'à prendre le fauteuil pendant que l'une de mes copines me porte.

Avant de partir déjeuner avec les autres et qu'il ne s'éloigne, j'ai un éclair de génie. Je lui pose la question la plus importante de l'Histoire :

— Mais au fait, tu t'appelles comment ?

— Je m'appelle T.

Je ne vais pas vous mentir, je suis un peu déçue. Son prénom n'est pas très original. Moi j'adore les prénoms rares et recherchés. Je ne sais pas encore que ce prénom va me hanter pendant des années. Que je vais le voir partout dans les génériques de films, dans les journaux, les revues, sur les panneaux d'affichage… Que je vais rencontrer des tas d'autres garçons qui s'appellent T., mais aucun qui ne mérite de porter ce prénom d'exception. T. est le prénom ordinaire d'un homme extraordinaire qui devient tout pour moi.

À ce stade, il est important que vous reteniez ceci : ce n'est pas moi qui ai repéré T. et qui suis allée lui parler. C'est LUI qui est venu me trouver MOI ! S'il ne l'avait pas fait, je ne l'aurais probablement jamais remarqué.

Par conséquent, mesdames et messieurs les jurés, TOUT est sa faute en réalité, et ce depuis le départ ! Il n'aurait jamais dû venir me parler. JAMAIS.

Épisode 7

« Y'a plein de gens au royaume qui disent que...[1] »

Peu de temps après l'avoir rencontré, j'ai compris qu'à la fac il n'y avait rien à espérer. Le terrain était miné.

Lorsque les gens se sont rendu compte qu'on avait l'air de plutôt bien s'entendre, ça a commencé à jaser. Beaucoup n'ont pas admis le traitement *privilégié* qu'il semblait me réserver. Il leur paraissait inconcevable et suspect que T. soit aussi sympa et *accessible* avec moi. Les commentaires insidieux sont rapidement arrivés. J'entends dire qu'il ne peut « rien me refuser », une formule singulière pour suggérer qu'il n'y a qu'une seule explication possible à sa gentillesse à mon égard : la pitié. Oui, la pitié, bien sûr. Quel autre sentiment pourrais-je

1. « Y'a plein de gens au royaume qui disent que si c'est lui, ils viendront pas au mariage », comme dit Martine (Audrey Tautou) à son fils, dans *Les Poupées russes*, pour lui expliquer que son entourage n'aime pas son nouvel amoureux.

lui inspirer ? Personne ne viendra me le dire aussi franchement et directement, bien sûr, mais tous ceux qui nous entourent le pensent, y compris mes potes qui le connaissent à peine.

Rapidement, ceux qui s'aperçoivent que je suis en train de m'amouracher, lancent une entreprise de dénigrement pour me protéger. On me parle beaucoup de T. pour m'en dire du mal :

« T. est antipathique. » Je ne trouve pas.

« Le bruit court que T. trompe sa copine. » Et alors ? Premièrement, je ne suis pas sa copine. Deuxièmement, je ne suis pas juge. Troisièmement, je ne sais pas ce qu'il se passe entre eux et si ça déconne, ne serait-ce pas ce qui s'appelle une bonne nouvelle ?

Il paraît aussi que T. raconte à certains mecs des « histoires de meufs » passionnantes dans lesquelles il est question de tiraillements, de doutes et d'hésitations. Billevesées ! Je n'en crois rien. Franchement, quand les autres parlent de lui, j'ai l'impression qu'ils ne parlent pas de la même personne que moi. Le T. que je connais n'a rien à voir avec le leur.

« Ce n'est pas quelqu'un de bien. » Tout est relatif.

« C'est juste un connard. » Bon, maintenant, ça suffit ! Vous ne le connaissez pas plus que moi.

« Il ne s'intéresse à personne… » Sous-entendu « encore moins à toi ». D'accord, là j'ai compris.

Soyons clair, je sais reconnaître un vrai connard quand j'en vois un, je pense… et ce n'en est pas un !

La pitié ? Pareil. S'il y a bien une chose que je détecte au quart de tour, que je flaire à mille lieux, c'est la pitié. Je n'ai jamais observé la moindre trace d'un début de commencement de pitié dans les yeux de T. ni dans aucun de ses propos. Ce sont de pures foutaises. Chaque fois que je lui parle, je le regarde droit dans les yeux. Si j'y avais vu une once de pitié, je peux vous dire que cette histoire aurait été pliée en moins de deux.

En réalité, il n'y a pas d'apitoiement de sa part à mon égard et la raison en est assez simple. Il me l'a lui-même donnée sans le vouloir au détour d'une conversation : l'un des meilleurs amis de son père est en fauteuil roulant. Il s'entend bien avec lui et ils ont eu l'occasion de faire des sorties ensemble. Par conséquent, je ne suis pas la première personne handicapée que T. rencontre. Il en a connu au moins une autre, assez active, et il a forcément déjà dû réfléchir à tout ça : à ce que peut représenter le handicap pour quelqu'un ou à ce qu'il représente pour lui.

T. ne me plaint pas parce qu'il a dépassé ce cap concernant le handicap. Je n'ai pas besoin de lui prouver que je suis un être humain, il est déjà au courant. Enfin… je pense. En revanche, ce que T. ne voit peut-être pas, c'est que, contrairement à l'ami de son père, je suis un être humain de sexe féminin. Une fille de son âge. Cet élément-là et ses implications sont plus difficiles à analyser pour lui. Je ne peux pas lui en vouloir, je ne sais pas non plus quelles conclusions je devrais en tirer.

« Il te plaît parce qu'il est beau ! S'il avait une autre tête, il ne t'intéresserait pas. » Hein ? S'il avait une autre tête ? Mais s'il avait une autre tête, il ne serait pas lui ! Si je n'étais pas handicapée, je ne serais pas moi. Et si la terre était carrée, on vivrait de quel côté ? Non mais, sérieux, cet argument est débile !

« T. est trop beau pour… » MOI ! Ça aussi on a essayé de me l'expliquer plusieurs fois.

« Tu vises trop haut. » Ah, d'accord, nous y voilà…

Il existerait donc une hiérarchie physique et une loi qui interdiraient toute relation amoureuse entre ceux qui se trouvent en haut du classement (les « trop beaux » comme T.) et ceux qui sont sur la dernière marche (les « trop laids » comme moi).

C'est dans le respect de cette règle de base que doivent se former les couples. Les beaux avec les beaux[1], les moches avec les moches, les pas mal avec les pas mal, les pas terribles avec les pas terribles. Suivant ce raisonnement, pas de mélange de couleur de peau, de religion, de milieu social, pas trop de différence d'âge non plus. Et le plus important : les « valides » avec les « valides », jamais avec un homme handicapé ou une femme handicapée, ainsi les vaches – et votre stupidité – seront bien gardées.

C'est quoi ces CONNERIES ? Quelqu'un peut m'expliquer ?

Mes amis s'y essaient à demi-mot : « T. est un homme qui a le choix et, de ce fait, il ne te choisira jamais toi. »

Bien sûr, ils me disent tout ça pour mon bien. Parce qu'ils s'inquiètent pour moi. Ils ont peur que je me « brûle les ailes ». Le souci, c'est que l'incendie est déclaré. Je vois déjà de la fumée. Leurs tentatives de me détourner de T. ne servent à rien. Chaque remarque est un

1. Je comprends mieux pourquoi mes parents issus de la catégorie « très beaux » se sont mis ensemble maintenant.

coup de canif supplémentaire. Je ne peux plus respirer. Je manque d'air. Je vais mal et ils en rajoutent tous en pensant m'aider.

Je me sens comme Britney Spears : *Overprotected.* Je dis ce que j'aime, ce que je veux, ce que je ne veux pas, mais chaque fois, on me corrige. Je ne peux pas croire ce que j'entends. Tout le monde y va de son opinion, personne ne veut me laisser commettre mes propres erreurs.

Épisode 8

La crise existentielle

Je ne le montre pas mais les sous-entendus de mes copains, de mes copines et des autres étudiants m'atteignent au plus haut point. Leurs propos et la situation provoquent un tsunami : une crise existentielle qui va s'installer et durer plusieurs années.

Tout d'un coup, je vois clair sur ce qui m'entoure et sur moi. Les questions fusent dans ma tête : Pourquoi je n'avais jamais eu envie d'avoir un copain avant T. ? Pourquoi il y a (et il y a toujours eu) autant de garçons autour de moi qui m'adorent, mais dont aucun n'est amoureux de moi ? Pourquoi mes amis les plus proches ont toujours été en majorité des garçons ? Qu'est-ce qui les attire autant *amicalement* chez moi ? Comment je me comporte avec eux ? Pourquoi j'ai cette attitude ? De quoi j'ai peur au fond ? Pourquoi je n'ai aucune confiance en moi dans ce domaine-là ? Pourquoi je me sens si laide ? Pourquoi je me dégoûte physiquement ? Est-ce que j'ai toujours été comme ça ? C'est quoi cette personnalité enjouée-pourrie-à-la-con que j'ai ? D'où elle sort ? Est-ce qu'elle est fausse de bout en bout, ou y a-t-il des éléments authentiques là-dedans ? Quelle est ma vraie personnalité ? Si on oublie « la bonne élève méritante handicapée », qui suis-je en réalité ?

Sous cette avalanche de questions, je vacille. Pendant que mon cerveau essaie tant bien que mal d'y répondre, mon âme se déchire en deux parties bien distinctes. Une partie de moi est désespérée. L'autre est exaltée.

La partie qui sombre.

Elle a gobé tous les préjugés sur le handicap, surtout ceux concernant le physique, la vie sentimentale et sexuelle, dont on l'a abreuvée depuis que je suis née. Elle acquiesce, car elle les a absorbés. Maintenant ils tournent en boucle dans ma tête.

Un garçon comme T. ne voudra jamais d'une fille comme moi. Les autres ont raison. Ce serait contre-nature. Je le sais, il le sait, tout le monde le sait. Même si sur un malentendu je lui plaisais, qu'est-ce que j'aurais à lui offrir ? Rien, si ce n'est une vie de problèmes sans fin. N'importe quelle femme valide sera mieux que moi pour T.

Je n'ai aucun modèle de couples qui pourrait me prouver le contraire. Dans mon enfance, je n'ai croisé que deux adultes avec ma maladie qui étaient en couple avec des personnes valides. Mais je n'ai rien su de leur rencontre et de la façon dont ils s'étaient mis ensemble. En les voyant, j'ai bêtement cru que ça devait être facile. Je n'ai jamais imaginé les difficultés qu'ils avaient pu traverser.

Cette partie de moi est clairement en dépression et pleure tout le temps. Jamais vu autant de larmes que durant ces années-là. Avec, j'aurais facilement pu remplir deux piscines olympiques, si ce n'est plus. Je ne me reconnais plus car, en principe, je vous l'ai dit, je pleure rarement.

Progressivement, je m'aperçois que je pleure sur des choses qui vont bien au-delà de T. Je pleure sur ce qu'il se passe bien sûr, sur l'impuissance et la frustration que je ressens devant lui. Je pleure de ne pas parvenir à être *vraiment* moi-même en sa présence. Je pleure sur ce que je suis. Pour la première fois de ma vie, il me vient une idée effroyable et mortifère : je voudrais être quelqu'un d'autre que moi-même. Je voudrais ne pas être handicapée. Je voudrais être une fille « normale » pour qu'il puisse s'intéresser à moi et que la question du handicap ne vienne pas tout parasiter. Je voudrais que pour une fois, juste cette fois, ce soit simple.

Mais, il n'y a pas que ça…

Je pleure en fait sur tout ce que j'ai vécu avant de le rencontrer : la maladie, les fractures, les hôpitaux, les médecins, les interventions chirurgicales à répétition, les soins divers et variés, les institutions par lesquelles je suis passée, les humiliations subies en écoles spécialisées, en milieu ordinaire, en primaire, au collège, au lycée, à la fac, dans la rue, partout. Tout remonte à la surface. Tout ce qui m'a lentement et insidieusement démolie, transformée en *monstre* à mes propres yeux, et me freine aujourd'hui.

Ces larmes sont celles que je n'ai pas versées en temps voulu. À des moments où il n'était pas possible de se laisser aller à pleurer, où il fallait tenir bon et avancer. Elles se sont accumulées en moi quelque part, dans un vase qui devait être plein à ras bord lorsque j'ai rencontré T. Il a été la goutte d'eau qui a tout fait déborder. Les larmes sont arrivées. Elles sont intarissables et je ne sais plus comment m'en sortir, ni les arrêter.

De toute façon, qu'y a-t-il de plus stupide et absurde que d'être amoureux de quelqu'un qui ne vous aime pas ? Rien. Demandez à Jean-Jacques Goldman, il en a fait une chanson géniale, *Pas toi,* qui donne envie de se pendre.

La partie qui résiste.

Elle n'admet pas ce discours sur le handicap pétri de préjugés, et le trouve dénué de sens. Elle pense que rien n'est impossible, même pas moi avec T.

Cette rencontre est un tournant, je le sens. Un test. Si je le passe, plus rien ne sera jamais comme avant. Cette idée m'électrise. J'ai soif d'éternité comme Whitney Houston dans *One Moment in Time* : pour goûter le meilleur, je veux faire face à la douleur. Mes rêves ne sont qu'à un battement de cœur. Je veux vivre ce moment unique dont Whitney parle, où je me révèlerai, et qui me rendra libre.

Cette partie de moi a l'air de nager en plein délire mais elle essaie simplement de comprendre ce qui se passe, de trouver de la force, de s'organiser. Elle rassemble ses troupes. Elle cherche des solutions.

Une seule chose à faire : tout reprendre depuis le début.

Épisode 9

À la recherche d'une stratégie

Comment draguer un mec ?

Où est le dernier *Cosmopolitan ?* Pourquoi il n'y a jamais l'article que l'on veut au moment où on en a besoin dans ces foutues revues ? Non, ces magazines, ça ne va pas. Ils racontent vraiment n'importe quoi[1]. Toutes les phrases commencent par « les hommes aiment quand… ». Mais, *les hommes*, ça veut dire quoi ? Ils sont assez différents les uns des autres, j'ai plein de potes, je le sais.

Ça ne va pas là ! Il faut adapter la stratégie à la personne. C'est du sur-mesure, de la haute couture qu'il me faut ! Pas du prêt-à-porter bas de gamme. Ce ne sont pas *les hommes* que je veux séduire, c'est T.

J'ai une idée : et si je demandais à mes amis qui sont plus expérimentés sur le plan sentimental ? Quelle

1. Ne suivez jamais aucun des conseils de ces magazines sur les mecs et la gestion de votre vie. *DON'T.* Faites comme moi, regardez juste les jolies images si elles vous stimulent et vous donnent des idées, mais si elles vous font du mal, JETEZ-LES.

mauvaise idée ! Leurs conseils ne sont ni clairs, ni adaptés. Ils se contredisent et je suis perdue. Je m'aperçois qu'ils ont beau se la raconter, ils sont eux-mêmes largués.

En plus, lorsque je leur fais part de mon cas personnel, soit ils oublient d'intégrer la question du handicap dans leur réflexion, soit ils en font un barrage insurmontable. D'une façon générale, le fait de me voir amoureuse les déconcerte. Ils voudraient m'aider, mais ils ne savent pas comment… Je suis, il faut le dire, en total décalage avec eux. Alors qu'ils sont eux-mêmes à la recherche ou sur le point de rencontrer la personne avec qui ils vont « s'installer » et fonder une famille, je leur raconte une histoire niveau collège, qui leur paraît puérile, plus de notre âge, les dépasse complètement, et dont ils ont du mal à concevoir l'importance qu'elle a pour moi.

Un jour, mon amie N. m'offre un livre : le roman *Maybe the Moon* d'Armistead Maupin. Elle m'explique que quand elle l'a lu, elle a pensé à moi. Seul problème, pour ne pas *spoiler,* elle oublie de me dire que c'est une… TRAGÉDIE ! Je vous la fais courte : c'est l'histoire d'une femme de petite taille qui est actrice et qui galère professionnellement à Hollywood. Elle tombe amoureuse d'un mec qui est divorcé. Ils couchent ensemble et, aussitôt après, le mec regrette. Il a du mal à s'imaginer avec elle, il doute, il n'assume pas et commence à paniquer. Ils se séparent. Après réflexion, le gars finit par se rendre compte qu'il l'aime vraiment. Seulement… il est trop tard. Elle est MORTE à l'hôpital ! FIN. En refermant le livre, je suis au trente-sixième dessous. Je n'en veux pas à mon amie. Elle voulait bien faire en m'offrant un roman où je pourrais m'identifier au personnage.

Ah, attendez, il y a quand même ma copine A. qui a une *vraie* méthode pour attirer l'homme convoité. Elle maîtrise son sujet. Ça ressemble carrément à une science. Elle est d'accord pour partager son savoir ! Elle me dit :

— Il y a pas mal d'hommes, en fait, ce qu'ils veulent... C'est que tu fasses... le petit chat.

— Le QUOI ?

— Le petit chat !

— Mais, ça veut dire quoi ? Il faut miauler ?

A. m'explique :

— Ça veut dire, la fille sans défense, mais un peu espiègle, qui a besoin d'eux.

Faut mentir ? Mais je ne sais pas comment on fait ça ! J'en suis incapable, en plus, je n'en ai pas tellement envie. Ce serait de la publicité mensongère. Je ne suis pas « une petite chose fragile » qui a besoin d'aide. T. le sait. Et puis quel genre d'hommes on peut bien attraper avec ça ? Des mecs qui aiment torturer les animaux ?

De toute façon, quand je rencontre ma copine A., je suis à la fin de mon histoire avec T. et il est trop tard pour essayer la méthode du « petit chat[1] ». T. est au courant que je ne suis pas un petit chat. Il s'est même déjà pris

1. Là, je rigole, mais ma copine A. m'a donné pas mal de bons conseils, et c'est surtout la seule qui m'a dit tout bonnement un jour : « Bon maintenant, tu vas tout lui dire. Voilà comment tu vas faire. Tu vas trouver un endroit tranquille... » Si ça se trouve, sans elle, j'y serais encore !

des gros coups de griffes qui ne peuvent venir que d'une minipanthère enragée, donc bon… c'est mort.

En fait, la méthode qui me plaît le plus, c'est encore celle de Madonna dans *Open Your Heart*. Je la trouve beaucoup plus claire et directe. Elle me correspond mieux. Madonna, elle dit au mec un truc simple : « Tu n'as pas le choix. Je te veux, tu seras à moi[1]. » Parfait ! L'usure est une méthode connue qui a fait ses preuves. Beaucoup de gens ont chopé leur partenaire comme ça. J'en connais[2]. J'ai même entendu dans le film *Irène* avec Cécile de France : « N'importe qui peut avoir n'importe qui. C'est juste une question de temps et de détermination[3]. »

J'ai fait mes calculs.

Il y a 0,0000000000000000000000000000000001 % de chance que je puisse plaire à T. suffisamment pour qu'il ait envie d'être avec moi. Cette chance est faible[4] mais ELLE EXISTE. Donc, je la tente.

Après tout qu'est-ce que j'ai à perdre ? Je veux dire, à part ma dignité ? Mais qu'est-ce que la dignité quand on est amoureux ? Un truc qui ne sert à rien. Demandez à Édith Piaf.

Qu'est-ce que j'ai à gagner ? TOUT ! Vivre quelque chose de bien avec T.

1. Notez que c'est également la méthode de *Carmen* dans l'opéra du même nom : « Si tu ne m'aimes pas je t'aime. Si je t'aime, prends garde à toi. »

2. Pas la peine de vous planquer, je vous vois. Ne vous en faites pas, je ne vous dénoncerai pas à la police.

3. Le temps presse mais de la détermination, ça, j'ai !

4. Plus faible qu'au loto ?

Épisode 10

Pourquoi je vais si mal ?

En cours de route, un petit travail d'introspection s'impose tout de même. Depuis que je connais T., je vois bien que je vais mal. Je veux savoir pourquoi.

Y'a du pain sur la planche. C'est parti ! Je commence par quoi ? Me repasser le film de ma vie. Analyser tout ce que j'ai vécu pour trouver des réponses aux questions dont je vous ai parlé précédemment.

Pourquoi je n'avais jamais sérieusement eu envie d'avoir un copain avant T. ?

Il y a tellement de raisons…

D'abord, parce que je n'avais pas le temps de penser à ça. Je suis sérieuse. Je vous rappelle que je suis étudiante en droit. Mon objectif principal est de réussir mes études. Je ne peux pas me disperser et perdre du temps avec ce genre de futilités. On a beaucoup d'heures de cours et je vais à tous les cours. Il faut aussi préparer les TD et il y a une tonne de boulot, vous pouvez me croire. Je m'interdis déjà toute sortie et vie sociale pour travailler mes cours, ce n'est pas pour voir débarquer un mec dans mon emploi du temps. Où est-ce que je le caserais ? Ça prend combien de temps d'avoir un copain ? Il faut le voir combien de fois par semaine ? Non, honnêtement, je ne vois pas comment ce serait possible. Il y a des étudiantes qui ont des copains, d'accord. Comment elles font ? Je l'ignore. Peut-être qu'elles ne dorment pas. Quoi qu'il en soit, je ne veux pas le savoir, ça ne m'intéresse pas.

En plus, j'ai déjà assez de problèmes comme ça. Depuis que je suis scolarisée en milieu ordinaire, tout est très difficile. L'université n'est pas totalement accessible aux personnes en fauteuil, et à cette époque les auxiliaires de vie scolaire n'existent pas. Je dois me débrouiller seule, et compter sur les autres étudiants pour trouver l'aide dont j'ai besoin. Ces problèmes logistiques occupent les trois quarts de mon temps et de mon énergie. La moindre recherche de documents, photocopies, ou les changements de salle de cours ressemblent à une épreuve de *Pékin Express.*

Tout cela pour vous dire que je n'ai pas besoin qu'un mec vienne foutre le bordel dans ma vie ! Je n'ai pas envie d'être perturbée par qui que ce soit et prendre le risque qu'une histoire d'amour foireuse m'affaiblisse et m'éloigne de mon but premier : avoir mon diplôme de fin d'année avec mention « bien », comme l'année précédente.

Ensuite, il doit y avoir des explications plus profondes, évidemment.

Est-ce qu'il faudrait chercher dans mon éducation ? Mes parents sont toujours vivants, par conséquent je ne voudrais pas ici les accabler. Ils étaient très jeunes quand je suis née[1]. J'imagine qu'ils ont fait du mieux qu'ils pouvaient

1. Ma mère avait 20 ans et mon père 23 ans.

avec leur éducation, leur culture d'origine, leurs parcours, leurs névroses, traumatismes et contradictions respectives.

Pour aller vite, je dirais que j'ai reçu une éducation plutôt libre. Chez moi, il y a un cadre mais peu d'interdits. On peut parler de tout. J'ai le droit de faire, de dire et de penser ce que je veux. Je peux gueuler que je ne suis pas d'accord, même si je perds souvent à la fin (ce sont quand même mes parents qui commandent[1]). La contestation et le débat d'idées sont autorisés et même encouragés. Néanmoins… concernant les rapports femmes/hommes et le couple, la révolution n'est plus au programme. Retour aux fondamentaux du machisme à la sauce sud-américaine.

D'après ce que j'ai compris, les femmes et les hommes sont des êtres très différents mais complémentaires. Les femmes sont faites pour plaire et faire plaisir aux hommes. Si elles suivent très attentivement le mode d'emploi, elles finissent au bout du compte en couple, comme il se doit, avec des enfants.

Mon éducation est donc des plus genrée et j'y adhère quasiment sans réserve[2]. Elle a d'ailleurs eu un effet

1. Je m'en fiche à l'époque car je sais que quand je serai grande mon tour viendra.

2. Mes réserves sont les suivantes :
a/ Pourquoi le rose ? Pourquoi ma Barbie doit vivre dans cette hideuse couleur, avoir un lit rose, une armoire rose, une douche rose, etc. ? Qui peut décemment vivre dans un environnement pareil ? Je devrais écrire à Mattel, j'ai plein d'idées d'amélioration.
b/ C'est quoi ces princesses ? Je ne les aime pas tellement. Je ne peux pas m'identifier à ces filles naïves, sans charisme, qui ne prononcent jamais un mot plus haut que l'autre. Je préfère les reines ou les sorcières. Elles au moins, elles ont de la personnalité. Je ne comprends pas pourquoi on les considère comme méchantes.
c/ Et si on n'a pas envie d'avoir d'enfant ? Si on n'a pas envie de créer de toute pièce un humain supplémentaire ? Ma mère a l'air de penser que les enfants pour une femme, c'est très important. Si j'ai le choix, je préfère les adopter et m'occuper d'enfants qui existent déjà et qui seraient mieux avec une adulte sympa comme moi que dans un orphelinat. Les orphelinats ce sont des institutions et je déteste les institutions où l'on met les enfants.

paradoxal sur moi. En m'encourageant à prendre soin de mon apparence sans jamais suggérer que mon handicap me l'interdisait, mes parents m'ont donné un socle d'amour-propre qui m'a été très utile dans la vie. Cependant, en entretenant l'idée éculée que les femmes sont leur apparence, ils m'ont également rendue très perméable aux discours sexistes et validistes dénigrants qui ont contribué à saper ma confiance.

Avec le temps, mes parents ont fait leur propre chemin pour évoluer sur ces sujets. J'ai dû faire le mien et interroger ce que l'on m'avait inculqué dans ce domaine pour ne garder que ce qui me rendait forte et m'aidait à avancer, tout en essayant de me débarrasser du reste[1].

Ma mère, puisqu'on en parle, elle sort de ces trucs ! Quand elle a su que j'étais amoureuse de T., devinez ce qu'elle m'a recommandé ? De me jeter sur lui, ni plus ni moins.

Pardon ? C'est ça ton conseil ?

Elle m'a dit aussi qu'il valait mieux que je cherche un garçon en fauteuil roulant comme moi.

Quoi ? Mais pourquoi ? Qu'est-ce que c'est que cette histoire ?

Je trouve son idée désobligeante pour moi comme pour le garçon handicapé en question. Il a peut-être envie d'avoir le choix. Pourquoi est-ce que lui et moi, nous n'aurions pas le choix ? Si le handicap est notre seul point commun, ça va faire léger. Et les garçons en fauteuil, j'en ai déjà connu en institution, ils ne sont pas franchement

1. C'est un travail de longue haleine, toujours en cours, que je devrai probablement poursuivre toute ma vie.

différents des autres. Si j'en rencontre un qui me plaît, je ne suis pas contre. Mais pourquoi je devrais rechercher un homme sur ce critère-là et ignorer les hommes majoritairement valides qui m'entourent, comme s'ils m'étaient défendus ? Et où est la cohérence entre ces deux conseils pourraves en plus ? Pourquoi j'irais me jeter sur T. si je n'ai aucune chance avec lui ?

Ma mère me raconte aussi qu'il y a des hommes, même valides, qui n'aiment pas le sexe. Ça ne les intéresse pas. Son truc ressemble à une légende urbaine et elle m'annonce ça comme si c'était une super bonne nouvelle. Pour qui au juste ? Pour moi ou pour elle ? Elle divague. Et si le sexe m'intéresse moi, je vais faire comment avec ces gars-là ? On va devoir jouer aux dominos ? N'importe quoi !

Attention : c'est dans cette dernière remarque que se trouve, je pense, la substantifique moelle du raisonnement de ma mère. Ma mère n'a pas une très bonne image des hommes, et elle a de bonnes raisons pour ça. Elle pense qu'à de rares exceptions près, tous les hommes « normaux », traduction *valides*, ne s'intéressent qu'au sexe et qu'ils ne peuvent donc pas s'intéresser à moi qui ne réponds pas aux critères pour les satisfaire… Cela explique sans doute qu'elle m'ait souvent parlé du jour où je travaillerais, mais beaucoup moins du jour où je rencontrerais quelqu'un, qu'elle avait peut-être plus de mal à imaginer sans pour autant l'exclure totalement. Je sais aussi, parce que ma mère le dit parfois, que je peux ramener qui je veux comme petit ami, n'importe qui sauf… un mec de droite.

L'éducation est une chose, mais si je n'ai jamais eu envie d'avoir un petit ami avant de rencontrer T., c'est peut-être aussi, et surtout, à cause de ce qui s'est passé en institution.

Dans l'école spécialisée où j'ai fait la quasi-totalité de ma primaire, je suis pendant longtemps la seule fille de mon âge. Il n'y a que des garçons. Je n'ai pas le choix et eux non plus. Je deviens leur amie et au début tout se passe plutôt bien avec mes camarades. Je suis comme la Schtroumpfette[1] au village des Schtroumpfs, en moins gnangnan et plus autoritaire. Les garçons m'aiment bien parce que j'ai toujours plein d'idées de jeux. Je me paie même le luxe de les commander parfois.

Tout allait très bien jusqu'à ce que je commette une petite erreur. Une erreur que la Schtroumpfette n'aurait jamais faite. J'ai laissé l'un d'entre eux – celui qui me plaisait – un peu plus âgé que moi, s'approcher de trop près…

J'ai fait savoir à ce garçon qu'il me plaisait. Il a dit qu'il me trouvait à son goût aussi et qu'il voulait m'embrasser. Je n'en avais pas tellement envie mais il a lourdement insisté, durant des mois et des mois. Le jour où j'ai fini par dire oui pour qu'il me lâche avec ça, il s'est jeté sur moi comme un mort de faim sans respecter aucune limite. J'ai été obligée de le repousser avant que ça ne dégénère.

1. La Schtroumpfette bat des cils. Tous les Schtroumpfs en pincent pour elle et veulent lui plaire mais elle, elle est moins bête qu'elle n'en a l'air. Elle ne s'engage avec aucun d'entre eux, reste célibataire et chante à longueur de journée « lala, lala, lala, lala-la-laaaaaaa » pour avoir la paix. Durant l'écriture de ce texte, j'ai appris que le « principe de la Schtroumpfette », qui consiste à être la seule fille dans un groupe de copains, a été théorisé par Katha Pollitt, une essayiste féministe américaine.

Je pensais avoir évité la casse et m'en être plutôt bien tirée. Je croyais naïvement qu'ayant eu ce qu'il voulait, il serait plus gentil avec moi et qu'on pourrait enfin passer aux choses sérieuses : jouer ensemble à la Barbie, mon jeu préféré ! J'étais loin d'imaginer que ce baiser (nul) pourrait avoir la moindre répercussion.

Très rapidement, le reste de l'école a appris ce qui s'était passé. La ventouse qui avait essayé d'avaler ma langue et de mettre ses mains partout n'a pas pu s'empêcher de s'en vanter. Ma cote a chuté d'un coup. Je suis tombée de mon piédestal. J'ai définitivement perdu le respect de tous les autres garçons de l'établissement et les problèmes ont commencé.

Je suis devenue celle qui se prend les blagues graveleuses, celle qu'ils essaient d'embrasser par surprise, de toucher, de voir nue à la piscine, dont ils commentent le physique et qu'ils traitent de pute quand ça leur prend. Je me suis bien laissé faire une fois, je suis facile à ce qu'il paraît, il suffit d'insister. Je finirai forcément par céder de nouveau à l'un d'entre eux. C'est ce qu'ils se disent, ce qu'ils espèrent, mais cela n'arrivera plus.

Mes camarades, parmi lesquels mes propres amis, me harcèlent. Ils me prennent pour une idiote en prétendant, du jour au lendemain, qu'ils sont tous amoureux de moi, ce qui est statistiquement impossible. Je suis juste la seule fille sur laquelle ils peuvent se défouler et ils ont trouvé le terrain sur lequel ils pouvaient m'humilier. Je passe mon temps à les contenir, à les repousser, à leur dire non. Je dois rester sur mes gardes, être attentive à tous leurs gestes.

L'un d'entre eux est plus dangereux que les autres : M. Ce n'est pas un ami. Il n'est même pas dans notre service, il est dans celui des ados. Il a les yeux verts, mais pas comme ceux de T. Il a des yeux de serpent. Lui aussi veut m'embrasser et me toucher. Comme pour tous les autres, je refuse. Mais M. est moins facile à canaliser. Il n'est pas en fauteuil comme la majorité d'entre nous. Il marche. Il est grand, nerveux et violent. Un rien le met en colère, et quand il s'énerve, il frappe même les adultes, qui arrivent à peine à le maîtriser. Chaque fois que je lui dis non, après avoir tenté de m'amadouer, il devient agressif. Dès qu'il le peut, il me menace des pires atrocités.

M. dit qu'il va me violer.

M. dit qu'il va me frapper.

M. dit qu'il va me tuer.

M. dit que si je continue à lui dire non, il me noiera dans le grand bassin de la piscine de l'école. Il sait que je ne sais pas nager et que j'ai peur de l'eau.

Combien de temps cela dure-t-il ? Un an ? Deux ans ? Plus ? Je ne me souviens pas. Je tiens bon. Je ne lui donne rien de ce qu'il demande. Je lui parle. J'argumente sur tous les tons – ferme, gentil, suppliant – pour essayer de le convaincre de ne pas me faire de mal et gagner du temps. Je hais M. Il me terrifie mais je ne dois pas le lui montrer. Je ne dois pas non plus le mettre en colère, sinon c'est la fin.

Il y a des jours où je ne veux plus aller à l'école. Parfois, j'en arrive à souhaiter qu'il meure, et je m'en veux, mais je ne vois pas d'autre solution pour que ça s'arrête. Aucun adulte de l'école ne voit rien. À part, peut-être, le prof d'EPS[1], mais ses interventions ponctuelles ne résolvent rien. Il ne connaît pas la vraie nature du problème. Je ne peux pas lui dire.

M. est capable de faire tout ce qu'il me décrit, je le sais. Je ne pourrai pas le retenir indéfiniment. Il fait tout pour se retrouver seul avec moi, je fais tout pour ne pas me retrouver seule avec lui. À la piscine, c'est l'enfer. Il me colle, au sens premier du terme. Je peux sentir son souffle sur moi. Entre deux menaces, il me répète inlassablement qu'il est amoureux de moi, que tout est ma faute, que je suis belle, qu'il « m'aime ». Un jour, il me prouvera à quel point en me cassant le bras[2].

J'ai cru pendant longtemps que cet épisode de ma vie, dont je n'ai jamais parlé à personne, ne signifiait rien. Je l'ai minimisé, enfoui, oublié par moments. Après tout, il m'a juste frappée, il ne m'a pas touchée, il ne m'a pas tuée, n'était-ce pas le plus important ? Ce qui s'est passé, c'est si peu, comparé à ce qu'ont pu vivre d'autres personnes handicapées dans ces endroits maudits que sont les institutions, si peu… Ce n'est rien. C'est ce que j'ai pensé, ce que je me dis encore parfois. Mais en

1. Le prof d'éducation physique m'aime bien. Il est jeune, il est sympa. Il en fan de Michael Jackson comme moi. C'est le seul adulte de l'école avec qui je peux parler un peu. Je n'ai aucune confiance dans les autres encadrants. Ils ne sont pas ce qu'on pourrait appeler « gentils » et se désintéressent de nous.

2. J'ai tenu le plus longtemps que j'ai pu, mais une remarque m'a échappé. Un mot de travers. Peut-être inconsciemment volontaire. Il fallait bien qu'on en finisse. M. s'est levé d'un bond, il a traversé la salle et m'a cognée contre le pupitre. La scène a eu lieu devant tout le monde, en présence de deux adultes qui ont réagi trop tard.

rencontrant T., je m'aperçois que je me suis trompée. Ce que j'ai vécu en institution a été, avec les garçons, une entrée en matière brutale qui a laissé des traces et m'a passablement refroidie pour un long moment.

À huit ou neuf ans, lorsque je quitte – enfin – le milieu spécialisé, je sais déjà que certains garçons sont dangereux. Ils peuvent être lourds, insistants et même violents. Ils ne sont excités que par l'idée de faire du mal à une fille et ils sont prêts à tout pour obtenir, y compris par la force, une *chose* qui ne m'intéresse pas à cet âge-là.

Cette *chose*, qui les travaille sévère, rassurez-vous, je sais ce que c'est, ça s'appelle… le sexe ! Mes parents m'en ont toujours parlé ouvertement. Très tôt, j'ai les informations qu'il me faut. Un peu trop d'informations même. Ma mère ne fait pas dans la dentelle. Je suis au courant de tout sur le plan théorique[1]. Je sais que ce n'est ni grave, ni moche, ni sale, que ça peut même être très agréable, mais que cela ne concerne que les adultes.

Je ne suis pas une adulte, de ce fait, dès mon passage en milieu scolaire ordinaire, et durant de nombreuses années, la seule chose à laquelle j'aspire est d'être amie avec des garçons gentils qui n'exigeront plus rien de moi sur ce plan-là. J'associe la proximité physique d'un garçon au danger, et ce, en grande partie à cause des imbéciles de

1. En plus, j'ai lu toute la collection de revues et bandes dessinées érotiques qu'il y a chez mon oncle, qui est peintre : *L'Écho des savanes*, *Fluide glacial*, Manara, et j'en passe. Je préfère de loin *Gaston Lagaffe*, *Pif* et *Picsou Magazine*. Je suis frappée par la violence envers les femmes, présente à longueur de pages. À cette époque, je ne sais pas que ces représentations ont un nom : la culture du viol.

mon ancienne école qui se trouvent être les seuls garçons à m'avoir manifesté de l'intérêt.

Que s'est-il passé entre l'institution et T. ? Peu de choses. En primaire, au collège et au lycée, tout au long de ma scolarité en milieu ordinaire, je m'applique à tenir les garçons à bonne distance. Il n'y a qu'une seule bonne distance possible : l'amitié. Je n'aurais jamais dû m'en éloigner. En principe, les amis ne s'embrassent pas. Ils ne sont pas obligés de se toucher.

Un élément nouveau va m'aider grandement. En passant en milieu ordinaire, une nouvelle vie commence pour moi. Personne ne me connaît. Je reprends tout à zéro au niveau relationnel. Je change également de statut. Je passe de la catégorie « fille mignonne à la réputation écornée », à la catégorie « fille handicapée = candide mocheté ». Les premières années, je m'en fiche un peu. Je ne prends pas cela très au sérieux. Je dirais même que ça m'arrange. Je ne suis plus une cible. Je peux naviguer entre les filles et les garçons facilement, et même privilégier mes amitiés masculines si je le veux. C'est ce que je ferai.

Pourquoi il y a, et il y a toujours eu, autant de garçons autour de moi qui m'adorent, mais dont aucun n'est amoureux de moi ?

Pourquoi mes amis les plus proches ont souvent été des garçons ? Qu'est-ce qui les attire autant *amicalement* chez moi ?

Il y a souvent des acteurs, des hommes connus, qui déclarent dans les interviews : « J'aime les femmes. » Cette phrase ridicule me fait toujours rire. Depuis quelque temps, les actrices s'y mettent aussi. Je pourrais faire pareil et déclarer pompeusement dans *Elle* : « J'aiiiime les hommes. »

Mon premier ami s'appelle D. Je le rencontre dans le centre où j'ai été placée à mon arrivée en France, en Bretagne. Les infirmières essaient de nous faire passer pour des amoureux (il y a toujours des gens pour se mêler de ce qui ne les regarde pas), alors qu'on a trois-quatre ans. On joue, simplement.

Après notre déménagement à Paris, mes parents m'inscrivent dans cette fameuse école spécialisée, où il n'y a que des garçons.

Ce n'est qu'à mon arrivée en CM1, dans une école ordinaire de mon arrondissement, que je commence véritablement à côtoyer des filles de mon âge. À cette occasion, je fais une découverte surprenante : les filles et les garçons dans la cour de récré jouent rarement ensemble. Ils ne se mélangent pas tant que ça. Quand les filles parlent des garçons, c'est pour dire lequel elles trouvent le plus mignon et savoir qui est amoureux de qui.

Je constate également que les filles ont une conception de l'amitié qui repose sur l'exclusivité. Mes camarades de classe m'expliquent qu'il faut avoir une « meilleure amie ». Une meilleure amie ? Oui, « attitrée ». Il faut la choisir vite, ensuite on est liée à elle pour toujours. Incompréhensible. Meilleure par rapport à qui, à quoi, sur quels critères ? Je n'avais jamais entendu parler de ça.

J'essaie de comprendre et de jouer le jeu, mais ces histoires de meilleures amies me tapent sur le système. Je trouve absurde (et imprudent) l'idée de faire d'une seule et même personne la dépositaire de tous vos secrets. Les jalousies, les médisances, les ragots, les drames, les trahisons, rien de tout ça ne m'intéresse non plus. J'ai beaucoup de mal avec les « ambiances de filles », surtout quand ça dure trop longtemps. Au bout d'un moment, je m'ennuie et je trouve que... ça manque un peu de garçons là, non[1] ? Mes copines disent que les garçons sont bêtes. Je ne suis pas d'accord. Ça dépend lesquels. Il y en a qui sont sympas, moi je rigole bien avec eux.

Je profite du collège pour refaire une incursion chez les garçons. Je passe beaucoup de temps avec V. et bien d'autres. La situation me convient. Aucun garçon ne me demande de lui prêter allégeance, de lui jurer fidélité, ni de l'embrasser. Je peux avoir autant d'amis garçons que je veux, ils n'y voient aucune déloyauté. En plus, quand j'en ai besoin, ils sont toujours d'accord pour m'aider à pousser mon fauteuil ou à porter mes affaires.

Au lycée, pas de chance, pendant trois ans, je me coltine une classe composée de filles. Je suis en littéraire, option « arts plastiques ». Les garçons sont des scientifiques et ils ne font pas « arts plastiques » ! Comment j'aurais pu le deviner ? Les garçons sont si peu nombreux dans notre classe, trois ou quatre, qu'ils pourraient se battre en duel. Je ne m'entends pas du tout avec la majorité des filles de ma classe[2]. Il y règne une ambiance de compétition

1. Pour éviter ce problème j'ai inventé un concept disruptif : les pyjamas party mixtes, moitié filles, moitié garçons. Le ratio paritaire idéal.

2. Mes seules amies ne sont pas dans ma classe (ce sont des « scientifiques »), ou elles quittent rapidement ce lycée de malheur. Elles ont bien raison.

exécrable. Tout le monde déteste tout le monde. Le cauchemar. Ces filles achèvent de me convaincre que l'amitié, c'est de la merde. On ne peut pas avoir d'amis au lycée, à la fac. Tant pis. Je ne suis pas là pour me faire des amis mais pour étudier.

À l'université, au départ, il y a un certain équilibre entre le nombre de filles et de garçons. Je peux de nouveau faire ce que je veux. Je sympathise avec tout le monde. Je rencontre plein de gens différents qui viennent de partout et j'apprends des matières passionnantes. L'université, c'est génial. J'adore cet endroit.

Comment je me comporte avec les garçons ?

Pourquoi j'ai cette attitude avec eux ?

Je dois avouer cependant qu'avec les garçons j'ai une relation spéciale. Ils sont plus proches de moi en un sens. Soyons un peu honnête… Ils m'adorent. Il faut dire que je fais tout pour. Depuis que j'ai découvert en école ordinaire que certains d'entre eux sont vraiment sentimentaux et fleur bleue à un point – pire que les filles ! –, j'occupe une place particulière dans leur vie. Je suis devenue leur confidente de cœur. Un rôle taillé sur mesure, dans lequel j'excelle.

Je les écoute pendant des heures me parler de la fille qu'ils aiment, qui les hante ou les tourmente. Ils me font part de leurs doutes et des questions qu'ils se posent sur la façon dont ils doivent se comporter. Je m'aperçois qu'au fond, il n'y a pas de différence fondamentale entre une fille amoureuse et un garçon amoureux.

Je les épaule du mieux possible. Ils trouvent tous que je suis de bon conseil. Je sais, j'en ai fait mon métier.

Comme tout conseiller qui se respecte, je ne suis jamais mes propres conseils. Surtout dans le domaine sentimental. C'est la base ! Ensuite, pour dénouer les situations, je fais appel au bon sens (la première chose que les gens perdent quand ils ont la tête dans le guidon, et que seule la distance permet de conserver).

J'ai essayé parfois d'arranger des coups, mais franchement en tant qu'entremetteuse, je suis moins douée. J'ai invité I. (la fille la plus populaire de la classe, avec sa meilleure amie) à ma boum en quatrième pour que mon pote V., qui me parlait d'elle à toutes les récrés, puisse s'en rapprocher. Peine perdue. Je ne pouvais pas agir à sa place non plus !

Les garçons ont la possibilité d'être eux-mêmes avec moi, et ça les repose. Du moins, ils s'autorisent à montrer une part de vulnérabilité qu'ils cachent aux autres garçons et à la plupart des filles. Ils peuvent tout me dire, tout me raconter. Je ne les juge pas à condition qu'ils m'épargnent ce que je ne veux plus entendre : les mots crus, violents et dégradants envers les filles. Je suis leur « bonne copine » mais pas leur « pote de chambrée », ils le savent.

Je suis une fille avec laquelle il n'y a pas d'enjeu. Ils sont ravis d'avoir un point de vue féminin sur leurs problèmes, et ce sans prendre le moindre risque, puisque je ne suis pas de celles qui comptent, de celles que l'on veut séduire. Je les conforte d'ailleurs dans cette idée. Je leur fais croire que je n'ai aucun désir. Aucun désir pour eux – mes amis – évidemment. Ce qui est vrai, la plupart du temps. Mais ils imaginent aussi que je n'ai aucun désir tout court, puisque je n'en parle pas.

Je les rassure énormément. Je fais en sorte de ne pas les déstabiliser afin qu'ils soient toujours à l'aise avec moi. Je ne dis jamais ce que je ressens. Je ne leur demande rien. Je les soutiens et restaure leur confiance au besoin. Je rigole à leurs plaisanteries. Ils rigolent aux miennes aussi. Je n'y peux rien si je les trouve drôles et touchants. Je donne à chacun d'entre eux la sensation d'être unique. Je ne leur mens pas, je le pense vraiment. Nous sommes tous uniques, et je suis certaine que nous avons tous besoin de gentillesse et de bienveillance.

Je me retrouve donc entourée de *nice guys* avec qui j'entretiens des relations individuelles[1] très privilégiées. Je les valorise et, en retour, ils me donnent l'illusion qu'il existe des mecs bien, sensibles, dignes de confiance, avec qui on peut se sentir en sécurité. Certains de ces garçons vont jusqu'à me dire qu'ils aimeraient que leur copine ou même toutes les filles soient comme moi. Une belle brochette d'hypocrites[2] !

Parfois, il se met en place une sorte d'accoutumance. Certains ne peuvent plus se passer de moi. Ils ont besoin de mon avis sur tout. Quand ça devient stressant, je calme les choses. Je n'appartiens à personne ! Je ne fusionne avec personne ! J'ai besoin d'espace. Je ne veux pas de liens de dépendance affective ou intellectuelle, et

1. Individuelles parce que les hommes « quand y'en a un ça va, c'est quand y'en a plusieurs » et que vous êtes seule avec eux que ça devient insupportable.

2. Je suis déjà comme les autres filles et elles sont comme moi, mais ils ne veulent pas y croire, ça les arrange. S'ils étaient honnêtes avec eux-mêmes, ils seraient obligés de se poser la question suivante : si je suis aussi géniale qu'ils le prétendent pourquoi ce n'est pas avec moi qu'ils sortent ?

je n'aime pas me sentir piégée dans une relation quelle qu'elle soit.

Une fois qu'ils ont trouvé leur dulcinée et qu'ils sont casés pour de bon, je les laisse s'éloigner avec le sentiment du devoir accompli. Comme si ma mission sur cette Terre avait été de leur tenir compagnie quand ils étaient en galère et de les préparer à rencontrer une autre femme que moi. Mission à la con.

Élément important : je m'adresse à tous les garçons de la même manière. J'ai souvent constaté que certaines filles ne comprenaient pas comment je faisais pour avoir des amis. Pourtant, la méthode est ultra simple. Une amie de ma sœur, en primaire, a donné la recette à l'une de ses copines qui l'interrogeait à ce sujet : « Mais comment tu fais pour être amie avec les garçons ? » P. a répondu le plus simplement du monde : « Les garçons tu sais, ils sont comme nous. Il faut leur parler normalement. » Tout est dit. J'aborde tous les garçons de la même façon. Sur le ton de la franche camaraderie. Et je ne fais pas de distinction entre eux. Même si l'un d'eux me plaît, je ne change pas de comportement avec lui, je le traite comme les autres[1].

Pas étonnant dans ces conditions que les garçons m'adorent. Ils me trouvent *vraiment* sympa et *vraiment* marrante. Mais *juste* sympa et marrante en fait. Mon attitude avec eux a un prix – tout a un prix – et je le

1. Erreur fatale ! Si je ne lui montre pas qu'il me plaît, comment pourrait-il le deviner ? Eh bien… disons que ce détail m'avait échappé.

connais : je n'existe pas en tant que fille, et plus tard en tant que femme, pour eux.

Si initialement il s'agissait presque du but recherché – pour éviter d'être harcelée ou agressée[1] comme en institution –, avec les années je me retrouve prisonnière de ce rôle de bonne copine qui devient de plus en plus pesant et dont je ne sais plus comment sortir.

Une fois devenue adulte, je me rends bien compte que j'ai les mêmes envies que les autres filles de mon âge. Je ne joue plus « la bonne copine » par choix, mais parce que je n'ai pas l'impression d'avoir d'autre solution. Je ne sais pas *faire autrement*. Si je n'étais pas la bonne copine, je ne serais plus rien. Si je disais à certains garçons que je les trouve mignons, ils seraient horrifiés. Ce serait comme leur faire une crasse ou leur planter un couteau dans le dos. Je suis dans la catégorie « moche ». Arrivée à l'université, cette affirmation est devenue pour moi une vérité incontestable. Être la bonne copine est désormais à la fois un moyen de me protéger contre des déceptions amoureuses que je me sens incapable de gérer – je suis trop sensible pour supporter d'entendre un garçon me dire qu'il ne veut pas de moi –, et une impasse.

Avant Mister T., il y a eu d'autres garçons qui ont attiré mon attention, évidemment. Ils sont tellement nombreux

1. Malgré ma mégaprudence, cela ne m'évitera pas de subir par la suite bien d'autres « non-événements », comme dirait Catherine D. et ses copines, que ce soit en institution encore (où j'ai dû retourner brièvement, le temps d'une intervention, à l'âge de 14 ans) ou en dehors. Il faut savoir que les porcs de tous horizons et de tous âges ne prennent jamais de vacances.

à l'école, à l'université, et autour de moi, difficile de ne pas craquer. Mais rien de vraiment comparable à ce que je ressentais pour lui. Je pense à eux pour tuer le temps, pour participer vite fait aux conversations de mes copines, auxquelles je me sens en vérité assez extérieure. Je suis dans une position différente de la leur. Je suis la seule à être handicapée dans la classe. Je suis avec elles, mais je suis à part et je ne peux me comparer à personne. Quoi qu'il en soit, les garçons en question finissent toujours par sortir avec une autre fille de la classe, voire une de mes copines. Pas avec moi. Le pincement au cœur, le chagrin ne durent pas. Il n'a jamais été question de prendre un risque sérieux avec eux, ou d'essayer de leur plaire.

Cet effort-là, je ne l'ai fait pour la première fois que pour T. J'avais été sans le vouloir trop précoce et, le jour J, devant celui que j'aimais le plus, j'étais à la ramasse. Avec tout le retard accumulé au collège et au lycée, je me suis retrouvée assez démunie, totalement déboussolée et sans aucun repère.

Encore aujourd'hui, il n'est pas simple pour moi de résister à ce travers que j'ai de toujours me lier d'amitié avec les hommes. Partout où je passe, je ne peux que constater que les gens que je revois, qui restent dans mon entourage, sont souvent des hommes. Ils continuent à m'adorer, que voulez-vous… je n'y peux rien !

Les choses sont cependant plus équilibrées que dans ma jeunesse. J'ai maintenant bien plus d'amies et j'essaie de leur apporter un soutien d'égale qualité. Elles le méritent tout autant et même davantage. Elles vivent dans une société qui méprise les femmes et les enfonce constamment.

Après mon expérience avec T., je me suis aussi efforcée de tirer quelques leçons de mes erreurs.

Je n'essuie (presque) plus les *male tears.*

Je ne trouve plus aucune excuse aux mauvais comportements masculins.

Je ne me laisse plus instrumentaliser par les hommes qui me demandent de me désolidariser des autres femmes[1], de jouer contre mon camp et de les rassurer continuellement.

J'évite également d'entretenir trop longtemps la confusion dans leur esprit. Je suis une femme, ils doivent en tenir compte. Si ce que cela implique les effraie, ils ne peuvent pas être mes amis, ni rester dans mon entourage.

Pourquoi je me sens si laide ?

Pourquoi je me dégoûte physiquement ? Est-ce que j'ai toujours été comme ça ?

J'ai une quantité impressionnante de photos de moi quand j'étais petite. Sur la période qui va de six mois à dix ans environ. Mon père est photographe de profession et, à cette époque, il était fan de moi – il ne savait pas encore que j'étais féministe[2], et moi non plus.

J'aimais beaucoup que mon père me prenne en photo. Je voulais être comme ma mère et il la mitraillait

1. Même si sur ce point je n'ai jamais joué le jeu jusqu'au bout. Je n'ai jamais considéré les autres filles comme des ennemies ou des rivales. À partir du moment où l'on ne se dispute pas le même homme, je viens en paix.

2. Rhoooo là là, c'est bon, papa, on peut se marrer quand même ! Fais pas la gueule comme ça ! Bon, j'arrête les blagues avec mon père et le féminisme parce que je vais finir par avoir de gros problèmes.

avec son appareil. Je voulais le même traitement. Je l'exigeais. Je voulais les mêmes poses, les mêmes tenues, les mêmes décors. Sinon, j'étais jalouse, je piquais une crise.

Je ne me trouvais pas laide. Je savais que je n'étais pas une reine de beauté et que je serais toujours moins belle que ma mère, mais je me trouvais plutôt pas mal. J'avais l'impression d'être dans la moyenne et j'étais persuadée qu'avec de beaux habits, du maquillage et une coiffure sympa, l'affaire[1] serait dans le sac. À cet âge-là, je crois que toutes les femmes doivent se marier et que celles qui ne trouvent pas de mari ont raté leur vie. Si en plus, elles n'ont pas de Rolex, je ne vous dis pas la honte !

Dans mon esprit, tout est hyper simple... Quand les filles grandissent, elles deviennent des femmes. Tout le monde le sait. Moi je suis une fiiiille, mes parents me l'ont dit, je ne vois pas qui pourrait le nier. À l'hôpital et en institution, les gens disent que je suis mignonne[2]. Je suis maligne aussi (et drôle), paraît-il. En plus, je fais tout ce que les filles doivent faire : soigner ma tenue, apprendre tous les secrets du maquillage[3]. Sur

1. « L'affaire », je parle du mari bien sûr.

2. Il faut dire que je suis tirée à quatre épingles. Ma mère adore m'habiller et je suis à croquer. Je ressemble à un *cupcake*, ces petits gâteaux moelleux adorables pleins de crème et de fioritures par-dessus.

3. Le maquillage, que ma mère m'a présenté comme un geste pratique et obligatoire pour les femmes, est devenu pour moi, très jeune, une vraie passion bien plus liée à mon goût pour le dessin, les arts créatifs et ludiques, qu'à la préoccupation de plaire aux hommes et à la séduction.

les photos de mon père, il n'y a qu'à voir, je suis au top ! Je me la pète grave et c'est normal puisque je suis ma-gni-faïk. Par conséquent, je ne vois pas pourquoi, une fois adulte, un homme ne voudrait pas de moi. Franchement.

Je suis impatiente de devenir une femme. Ma mère m'a promis qu'une fois adulte, je pourrais décider de tout. Comment imaginer qu'une fois l'âge requis, je trouverais porte close ? J'étais à mille lieues de penser que mon handicap pourrait être un obstacle, et encore moins qu'il viendrait jusqu'à remettre en cause ma qualité de femme qui était pour moi une certitude incontestable. Je dirais même ma principale certitude et fierté dans l'existence. C'est beaucoup plus tard que j'ai compris que tout serait bien plus ardu que prévu dans ce domaine, comme dans tous les autres.

Lentement, sournoisement, la société validiste et patriarcale fait son œuvre. Elle parvient à me convaincre que je suis repoussante, que je n'ai aucune valeur pour le sexe opposé, que quels que soient mes efforts pour me rapprocher des standards, je ne serai jamais une personne, et encore moins une femme à part entière.

À la télévision, au cinéma, dans les journaux et les magazines, je constate à l'adolescence qu'on ne voit pas de filles handicapées. Sauf le jour du Téléthon. Si elles ne sont pas présentes, que dois-je en déduire ? Qu'elles ne sont pas suffisamment belles et intéressantes pour être photographiées et représentées ? Dans une revue, j'ai même lu un sondage selon lequel parmi les trucs vraiment rédhibitoires chez une fille, dont les garçons ne veulent pas entendre parler, il y a : le handicap.

C'est officiel et écrit noir sur blanc[1] ! Les garçons ne veulent pas d'une fille handicapée. Les filles handicapées ne devraient pas exister. Il vaudrait mieux qu'elles disparaissent apparemment.

Vers onze ans, je commence à refuser que mon père me prenne en photo. Le résultat est hideux. L'ère de la photogénie et la *mignonneté* est passée, et je sais maintenant que je ne serai jamais l'une de ces femmes que les photographes comme mon père trouvent belles et aiment photographier.

J'entends dire par ailleurs, de plus en plus souvent, que je ne suis pas belle. Je finis par comprendre que ceux qui le disent le pensent vraiment. Un après-midi, une petite fille dans un supermarché glisse à l'oreille de sa copine en me voyant : « Qu'est-ce qu'elle est moche ! » Elle doit avoir sept ou huit ans, moi le double ; je ne l'ai jamais oubliée.

Les gens me posent des tas de questions sur ma petite taille ou ma maladie et grimacent quand je leur réponds. Je réalise douloureusement qu'ils m'associent à tout ce qui leur fait peur : la difformité, la laideur, la souffrance morale et physique, la maladie, la mort. Je me sens tellement ordinaire pourtant, tellement banale. J'ai du mal à comprendre l'effet que je produis chez les autres. Mon corps est apparemment *étrangement inquiétant*. Une aberration insupportable pour certains. Une anomalie pour la

1. Ce sondage a existé dans la revue *20 ans* ou *Jeune et Jolie*, je ne me souviens plus. J'ai failli écrire une lettre incendiaire au magazine quand je suis tombée dessus, mais je n'en ai pas eu la force.

médecine qui l'examine, le compare, le répare, le manipule inlassablement.

Il y a une caractéristique sur laquelle on m'interroge souvent : mes cicatrices. J'ai des cicatrices un peu partout sur les bras, les jambes, le dos, à cause des nombreuses interventions chirurgicales que j'ai subies depuis l'âge de trois ans. Mes parents sont d'ailleurs venus en France pour que je puisse bénéficier de ces interventions[1].

Ces cicatrices font partie de moi, je n'ai aucun souvenir de mon corps sans elles. Elles ne m'ont jamais dérangée. J'ai plusieurs fois entendu mon chirurgien dire qu'elles étaient belles. Je pensais quand j'étais petite qu'il disait ça au premier degré et j'en étais plutôt fière. Ce n'est que plus tard que j'ai saisi qu'il s'adressait un compliment à lui-même. Elles étaient « belles » au sens où il était content de son travail, pas au sens « plaisantes à voir ». Les cicatrices, en fait, ce n'est pas « beau ». J'ai fini par m'en rendre compte à force d'entendre des commentaires à ce sujet. Ce sont des marques effrayantes et traumatisantes. Alors qu'elles ne représentaient rien pour moi, elles deviennent au fil du temps un complexe. Pour préserver les autres de cette vision d'horreur et ne plus avoir à répondre aux questions, je les cache. Je choisis mes vêtements de façon à ce qu'elles ne soient pas visibles.

1. Elles avaient pour but non pas d'empêcher les fractures fréquentes que provoque ma maladie, mais de limiter leurs effets, d'améliorer ma qualité de vie et même d'augmenter mon espérance de vie.

L'été qui a suivi les résultats du bac, je suis partie en vacances pour la première fois seule, sans mes parents, avec des copines, à Hossegor. À la plage, j'ai bien été obligée de me mettre en maillot de bain. Un soir, le copain de l'une de mes amies me regarde et me dit : « Tu serais belle en fait, si tu n'avais pas ces cicatrices. » C'est sans doute la phrase la plus stupide qu'il m'ait été donné d'entendre[1]. J'en suis restée bouche bée. Mes cicatrices sont là. Je ne peux rien y changer. Je ne comprends pas l'utilité de cette réflexion. Que veut-il que je fasse ? Que je me jette d'une falaise parce que j'ai des cicatrices ? *Désolée, je me déteste à cause des cons comme toi, mais pas encore à ce point-là.*

En 2003, alors que la canicule est à son maximum et qu'il fait une chaleur à crever (c'est le cas de le dire), je n'enlève pas mon gilet. Je ne mets pas de débardeur, je me l'interdis. Je suis en prépa pour entrer à l'école du Barreau. Il y a cours tous les jours, je ne peux pas imposer mes cicatrices à mes camarades[2] et aux professeurs.

À force de réflexions stupides, de questions intrusives, d'interventions et de gestes médicaux et paramédicaux invasifs, de représentations inexistantes ou biaisées, à l'âge adulte, le mal est fait : je me dégoûte physiquement. Je n'arrive plus à me regarder en entier dans un

1. Pourtant, j'ai un hit-parade des phrases de merde entendues au sujet de mon handicap qui est assez riche.

2. J'ai arrêté ce genre d'ânerie aujourd'hui. Le débardeur et le maillot de bain ne sont pas forcément les pièces maîtresses de mon dressing, mais s'il fait chaud je ne vais pas mettre un col roulé.

miroir sans avoir envie de pleurer. Tout est tordu chez moi. Rien n'est comme il faudrait. Je ne suis pas symétrique, je suis difforme. Ma cage thoracique est proéminente à cause de ma scoliose et des corsets que j'ai dû porter durant de nombreuses années. J'ai des cicatrices. Acheter un maillot de bain ou des sous-vêtements se transforme en supplice. La seule chose que je supporte à peu près, c'est mon visage et encore… mes cheveux sont nuls. J'ai une oreille décollée et des lunettes (ça craint !). Et puis, j'ai des yeux affreux, non ? Mes cils sont trop longs, ils cognent contre les verres de mes lunettes et mes yeux sont… beaucoup trop ronds ! On dirait deux globules[1].

Il y a quelques personnes ici et là qui me soutiennent mollement le contraire. Elles disent que j'ai de très beaux yeux, que je suis jolie. La plupart des compliments sont maladroits. On me dit que j'ai un joli visage, sous-entendu « oublions le reste » – merci –, ou que je ressemble à une poupée.

Une poupée ?! Je ne veux pas être une poupée ! Je sais très bien à quel type de poupée ils font référence. Il ne parle pas de Barbie, le sex-symbol, mais de celle qui est bloquée au stade de l'enfance et qui ne peut pas grandir. Celle qui restera éternellement une petite fille et ne deviendra jamais une femme. Une poupée, en plus, c'est un objet inanimé. On peut lui faire ce que l'on veut : lui couper les cheveux, lui arracher un bras, la casser et

1. Depuis, j'ai découvert l'actrice Bette Davis. Je la trouve magnifique. Elle est belle et ses yeux sont bien plus ronds et plus grands que les miens.

la jeter. Elle ne se plaindra pas. Qui a envie d'être une poupée ? Certainement pas moi.

Le baratin de ceux qui cherchent à me consoler me fatigue. Je soupire. Je lève les yeux au ciel. Ce sont tous des menteurs ! Je ne veux pas les entendre.

J'évite les miroirs et les vitres, ça vaut mieux. À partir du moment où je ne vois mon reflet nulle part, tout va bien. Je me sens bien. C'est justement ce qui est inexplicable. J'ai confiance en moi pour le reste.

À l'université, je commence à me dire que je suis sur la bonne voie. J'ai de bons résultats. Je suis assez entourée, même si cela reste très superficiel au début. Je suis sociable de nature et les gens m'apprécient parce que je suis assez gaie. Je n'ai pas l'air d'aller mal. Ils doivent même penser que je me trouve belle puisque je suis toujours apprêtée. Ils se trompent sur ce point. Je prends ostensiblement soin de moi par habitude, pour suivre les conseils de mes parents, et surtout parce que les fringues et le maquillage m'amusent et me remontent le moral.

Je n'aime chez moi que ce que les gens ont valorisé, mon soi-disant « intellect », et je déteste ce qui semble leur poser problème, ce qu'ils voudraient modifier, supprimer, éradiquer : mon apparence physique liée à ma maladie.

La fille dans le miroir, j'ai l'impression que ce n'est pas moi. Quand je la vois, j'ai envie de mourir. Cette fille-là, ça ne peut pas être moi ! Moi je vais bien alors qu'elle… elle ne peut qu'aller mal. Elle est hideuse. Mon esprit et mon corps se détestent. Ils sont irréconciliables et ne communiquent jamais. Le premier a son intérêt, tandis que le second est bon pour la poubelle.

Je ne m'aime pas en entier et avoir confiance en moi intellectuellement ne suffira pas cette fois.

C'EST QUOI CETTE PERSONNALITÉ ENJOUÉE-POURRIE-À-LA-CON QUE J'AI ?

D'où elle sort ? Est-ce qu'elle est fausse de bout en bout, ou y a-t-il des éléments authentiques là-dedans ? Si on oublie « la bonne élève méritante handicapée », qui suis-je en réalité ?

Toutes ces interrogations me mènent loin… très loin. Il ne s'agit plus seulement de questionner mon rapport aux hommes, mais également mon rapport aux autres et à moi-même.

Je commence à me demander d'où me vient cette personnalité étrange. Pourquoi, par exemple, j'ai l'air aussi gaie ? C'est quoi cette habitude de n'extérioriser que le positif ? Pourquoi je ne m'autorise jamais à dire que je vais mal ? Et si toutes mes prétendues qualités, ma force de caractère, mon humour, ma jovialité n'étaient que des réactions aux difficultés que j'ai rencontrées parce que je suis handicapée ? Quelle est la part prise par le handicap dans l'équation ? Que resterait-il de moi si je n'avais pas vécu cette expérience-là ? Et si tout chez moi était entièrement bidon ? Je reproche à T. de ne pas être lui-même, mais est-ce que je suis moi-même avec les autres ? Je ne sais plus…

À l'université, je ne dissimule pas totalement mes difficultés (de toute façon, il faudrait le faire exprès pour ne pas s'en apercevoir), mais je ne vais pas non plus passer mon temps à les énumérer. Je ne dois pas tomber dans la caricature de la misérable petite handicapée. La conséquence est que sans le vouloir, je verse dans l'image de l'héroïne. Celle qui a l'air de tout surpasser. Mes camarades et les profs se délectent de cette histoire-là. Ils sont totalement à côté de la plaque, mais je ne prends même pas la peine de leur expliquer. Ils ne comprendraient pas.

Comme T., je pense que les gens seraient déçus d'apprendre ce que je suis vraiment, une étudiante comme une autre. Ils préfèrent ne pas savoir et se convaincre que je suis très différente d'eux. Je fais ce qu'il faut pour ne pas les brusquer, leur pardonner leurs questions et commentaires déplacés, taire ma déception, ma tristesse, mon exaspération. Je sens que je rentre mal dans les cases qu'ils veulent m'imposer, mais j'essaie de ne pas trop m'éloigner de ce qu'ils attendent de moi. En un mot, je fais tout pour les rassurer.

Rassurer les valides : fonction première de toute personne handicapée. Notre présence en dehors d'un espace qui nous est exclusivement réservé est un malaise en soi. Nous devons donc rassurer les gens à longueur de journée. Les rassurer jusqu'à l'usure, sans réciprocité, quitte à nous oublier totalement.

Pour limiter les difficultés, je m'aperçois que, depuis le secondaire, je maintiens tout le monde à distance, pas seulement les garçons. Durant mes deux premières années d'études supérieures, je suis comme T. en réalité, très seule, mais cela ne se voit pas. Beaucoup de gens m'entourent mais personne ne me connaît. Je ne me livre pas.

Une fois de plus, je ne prends conscience de la situation qu'en rencontrant T., et rapidement elle devient intenable parce que tout se met subitement à déborder. Je ressens le besoin irrépressible de m'exprimer. Je ne tiens plus. Je commence à m'ouvrir à mes camarades. Je me mets à leur expliquer comment je vois la vie et notamment ce que le handicap représente pour moi. Je leur parle de ce qui me blesse, de ce qui me révolte, de ce que je pense.

À ma grande surprise, certains d'entre eux... comprennent. Ils deviennent de vrais amis, capables d'entendre et d'accepter que ma personnalité est aussi complexe que la leur : avec des hauts et des bas, des certitudes et des hésitations, de l'assurance et des craintes. Avec eux, je ne me sens plus obligée de démontrer que je vais bien – quel soulagement ! – je peux dire que je vais mal. Je peux faiblir sans tomber dans le mélodrame et pleurer sans abuser de cette possibilité.

Le plus drôle est que ce changement n'a pas altéré le reste. Je suis restée globalement joviale parce qu'en fait... je suis comme ça ! C'est ma personnalité. Je ressemble à ma mère, qui est une femme drôle qui sait profiter de la vie. Pourtant, avec tout ce qu'elle a vécu au Chili avant même ma naissance, on pourrait s'en étonner.

Je ris fort et je ris à mes propres plaisanteries (et pas qu'un peu, je vous préviens d'avance). Je souris quand j'en ai envie, parce que ça me fait plaisir et que j'aime les gens souriants et avenants. Faire la gueule tout le temps et sans raison, je ne vois pas bien l'intérêt. On rencontre rarement des gens intéressants en tirant la tronche. C'est mon avis.

Le handicap est un élément important de ma vie, c'est certain. Il constitue une part de mon identité sans que tout puisse y être ramené. Comme le dit très justement mon amie E., qui est elle-même handicapée, « le handicap n'explique pas tout » et, au fond, il est assez vain de chercher à savoir avec exactitude dans quelles proportions il m'a façonnée.

Ma personnalité n'est pas plus fausse qu'une autre, elle me correspond. À partir du moment où je me sens libre d'en exprimer toutes les nuances, j'estime être fidèle à moi-même.

Le bilan.

Maintenant que j'ai fait ce bilan pour comprendre pourquoi je me sens mal devant T., et que j'observe l'ampleur des dégâts, il apparaît qu'en plus de mon parcours et de ses particularités, la société dans laquelle je me suis construite en tant que personne, et en tant que femme handicapée, fait partie intégrante du problème. Je dois absolument me libérer des idées toxiques qu'elle m'a fait intérioriser et qui m'empoisonnent la vie, sinon rien ne sera possible avec T., ni avec qui que ce soit d'autre.

Comment T. pourrait-il me considérer comme une femme, si je n'en suis pas moi-même convaincue ? Comment pourrait-il ne pas m'infantiliser, si je me comporte comme une gamine ? Comment pourrait-il me trouver jolie, si je suis persuadée d'être laide et de le rebuter ?

L'assurance que j'ai sur les photos que mon père a prises de moi quand j'étais petite ne peut pas avoir définitivement disparu. Si je cherche, si je creuse, si je passe tout au peigne fin, je vais la retrouver. Il le faut.

La petite fille qui est sur ces photos n'est pas morte. Elle a grandi. Elle est devenue ce que les autres voulaient qu'elle devienne, mais il y a peut-être un moyen de reprendre les choses en main. Je suis sur le point de devenir adulte, et j'ai encore le temps de décider quelle adulte je veux être.

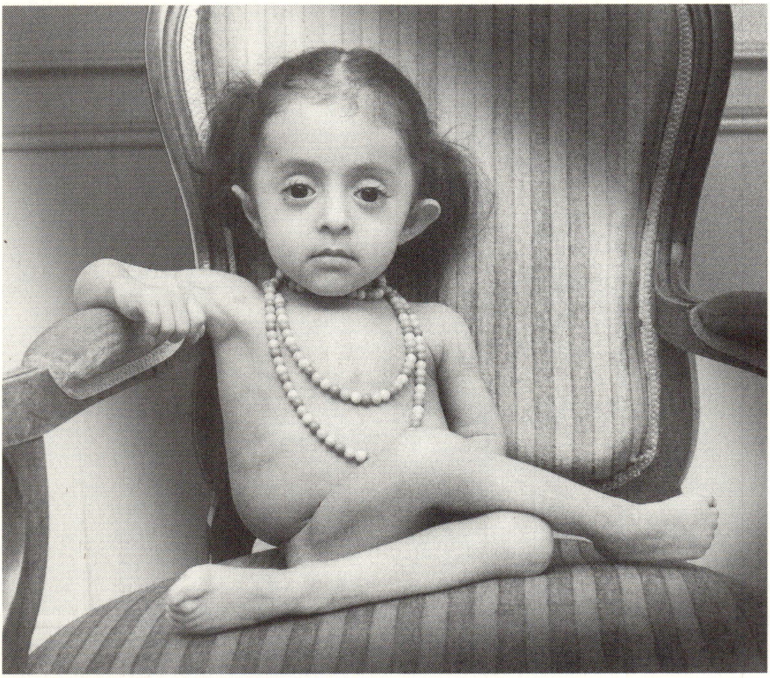

Épisode 11

Le meilleur des amis

Comment retrouver confiance en moi ? Il me faut chercher des encouragements et du soutien partout où je peux. Il y a un deuxième homme dans cette histoire dont je ne vous ai pas encore parlé. Il s'appelle C. Il s'agit de mon meilleur ami[1], et son rôle a été déterminant.

J'ai rencontré C. un an environ avant Mister T. Cette année-là, on était dans le même amphi. Je ne me souviens plus de la façon dont on en est venu à se parler. Une copine me l'a présenté comme un pote et son ex. Je crois qu'une fois il m'a aidée à la bibliothèque et on a engagé la conversation.

C. est du genre à faire beaucoup de compliments. Ça me gêne, je me méfie des compliments. Il est très sympa mais au départ, pour être honnête, je le trouve un peu… pot de colle. Il est tactile en plus, ultra chaleureux. Il m'apprécie

1. Comme je vous l'ai dit, je décerne rarement ce genre de titre parce que j'ai du mal avec la notion de « meilleur ». Mais il faut reconnaître que C. a atteint un niveau de proximité inégalé.

apparemment. Un peu trop, non ? Je ne comprends pas ce qu'il me veut.

Au téléphone, un jour, il m'explique franchement :

— Je veux être ton ami.

Hein, quoi ? Je lui réponds ceci :

— Désolée, mais ce n'est pas possible. Je connais beaucoup de gens, je dis bonjour à tout le monde[1], je discute par-ci par-là, mais je n'ai pas vraiment d'amis et je suis bien comme ça. Je ne crois pas que l'amitié existe de toute façon[2]. En plus, tu vas le regretter. Je m'attache et je me détache très facilement.

Et ben, devinez quoi ? Ma réponse le fait mourir de rire !

C. est coriace, il rétorque :

— Tu racontes n'importe quoi. L'amitié ça existe et je vais te le prouver.

Prétentieux avec ça !

N'empêche, la suite lui a donné raison. L'amitié existe et c'est lui qui me l'a démontré. C. a rouvert les vannes de l'amitié que je pensais avoir verrouillées à jamais au lycée. C'est sous son influence que j'ai été amenée à mettre un terme à une longue période de repli. Si j'ai des amis aujourd'hui, c'est grâce à lui.

En quelques semaines à peine, nous devenons très proches. Tout est allé très vite, un peu comme… un coup de foudre aussi. Nous avons découvert que nous avions beaucoup de points communs : nous sommes très sociables, nous aimons donner des conseils aux autres, jouer les coachs, essayer de

1. Je maîtrise les mondanités je vous dis, comme Cathy Guetta.

2. Il est quand même ironique de constater qu'un an avant de rencontrer T., je tiens sur l'amitié le même discours que… T.

régler les problèmes, et nous sommes très sentimentaux (quoique C. le soit bien plus que moi, je trouve).

Avec C., nos sujets de prédilection sont les suivants : l'amitié, l'amour et notamment nos vies sentimentales respectives et celles des autres parfois[1]. Au début, il s'agit plutôt de la sienne. C. cherche son âme sœur. Pas juste une copine, mais celle avec qui il pourra construire une relation durable et fonder une famille. Moi je ne cherche rien de précis et c'est assez nouveau pour moi qu'un ami me demande de lui parler de ce que j'espère dans ce domaine-là. L'année d'après, en revanche, tout change. Je rencontre T., et C. est le premier à l'apprendre : « J'ai rencontré un mec génial. C'est lui que je veux ! »

Avec C., nous avons des amis communs qui trouvent notre amitié douteuse. Ils se demandent s'il ne se passerait pas un truc entre nous. Mes copines me font souvent la réflexion. Elles pensent que l'on devrait essayer de sortir ensemble[2]. Il paraît que je parle beaucoup trop de C. De son côté, c'est pareil. C. prononce trop souvent mon prénom, surtout devant sa famille qui n'est pas du genre à se cacher derrière son petit doigt. Elle lui demande clairement s'il ne serait pas *un peu* amoureux de moi. L'hypothèse n'a l'air de scandaliser personne, ni C., ni sa famille.

1. Nous parlons des autres pas tellement pour porter des jugements mais pour essayer de comprendre : pourquoi bidule sort avec machin qui est amoureux de truc, qui au fond serait mieux avec bidule, vous voyez ?

2. Celle qui insiste le plus est aussi une copine de C. qui se trouve être… son ex ! #LesGens qui veulent vous refourguer leurs ex, comment vous dire…

Ces questions de part et d'autre nous font rire. Avec C., on en discute, on s'en amuse parce que lui et moi, sans même avoir besoin d'en parler, on sait. Bien sûr que nous avons déjà envisagé de sortir ensemble ! Nous sommes très proches, nous nous entendons vraiment bien et nous aimons trop Jean-Jacques Goldman pour ne pas y avoir pensé. Mais entre nous ce n'est pas possible. D'abord, j'aime T. (au cas où vous l'auriez oublié). C. le sait. Je ne peux pas être amoureuse de deux garçons à la fois. C'est impensable. Je ne suis pas comme ça. Non ! Je vous dis que non ! C. cherche une relation sérieuse pour fonder une famille. À l'origine, j'étais plutôt #TeamMariage et compagnie, mais je ne sais plus quoi en penser. Je ne suis plus aussi pressée, j'ai juste envie de profiter de la vie.

Et puis surtout, je suis de gauche et… C. a voté Chirac – par choix ! – aux dernières élections. Si… Cette révélation au détour d'une conversation anodine – et les développements politiques qui ont suivi – a été un coup dur pour nous deux, honnêtement. C. n'a pas compris que la politique puisse avoir autant d'importance pour moi. Nous n'en avions jamais parlé avant (comment est-ce possible ?). Pour ma part, je n'ai pas compris comment il pouvait défendre des idées qui me semblaient en totale contradiction avec l'ensemble de sa personnalité et son attitude au quotidien. La discussion a rapidement dégénéré.

À un moment, pour calmer le jeu, C. a avancé que, de toute façon, il n'était « ni de droite, ni de gauche » (*sic*). Problème, tout ce qu'il avait dit avant indiquait clairement qu'il penchait plutôt… à droite !

J'ai eu du mal à m'en remettre : mon meilleur ami a voté Chirac ! Et Chirac… a été élu. Pendant qu'il sabrait le

champagne, j'étais au bord de la crise de nerfs devant ma télé ! Heureusement, en 1995, l'année de la présidentielle, on ne se connaissait pas encore…
N.B. : Comment peut-on voter à droite et être fan de Jean-Jacques Goldman, quelqu'un peut me le dire ? C. doit penser que ses chansons ne parlent que d'amitié, d'amour et des choses simples de la vie, mais elles parlent aussi de la pauvreté, de l'immigration (*Là-bas*), de la société de consommation (*Les Choses*), du nazisme (*Comme toi*) et d'injustice sociale (*Envole-moi*), non ? Comment C. peut-il occulter toute la dimension politique de l'œuvre de Jean-Jacques, sans même parler de son histoire familiale ? Bref…

Le lendemain de cette discussion politique, nous avons déjeuné ensemble. Le déjeuner était sinistre. C. ne supportait pas mon regard qui d'après lui avait changé. Il n'a pas cessé de dire :

— Arrête de me regarder comme ça !
— Comment comme ça ?
— Comme ça ! Tu me regardes différemment.
— Mais non…
— Si ! Tu me regardes plus de la même façon.

C. se sent jugé. Il doit avoir raison. Je ne sais plus quoi penser. Je suis perdue, je suis triste. Nous nous connaissons depuis peu de temps et je me demande si l'on ne se serait pas enflammés un peu trop vite l'un pour l'autre.

Il ne faut pas paniquer, il faut réfléchir. J'ai beaucoup réfléchi. Nous étions déjà devenus trop proches pour faire machine arrière. Il fallait RE-LA-TI-VI-SER ! C. est un mec super et puis… ce n'est pas comme si nous allions nous marier ! Après tout, nous ne sommes que des amis. Et nous pouvons rester… des amis ! J'ai peu ou pas d'amis de droite, mais je peux bien faire une exception pour quelqu'un d'exceptionnel comme lui. Pour sortir de cette impasse, nous décidons ensemble, c'est-à-dire d'un commun accord avec moi-même, de ne plus parler de politique. Il était clair que nous ne pourrions jamais être un couple, en revanche nous pouvions être amis et nous soutenir mutuellement dans nos quêtes amoureuses.

Dès ma rencontre avec Mister T., l'année suivante, C. lance les recherches pour avoir le maximum d'informations sur ce garçon qui vient de débarquer à Paris I. Il est le premier à m'apprendre la funeste nouvelle : T. est déjà pris. Il a une copine. Elle ne vit pas à Paris, mais bon, il n'est pas célibataire. Quand C. me l'annonce, il est presque content et s'imagine que cette info va éteindre l'incendie. Le dossier est clos. Pas du tout, mon ami, le dossier ne fait que s'ouvrir ! T. me fait trop d'effet pour laisser tomber à la première embûche.

Au début, C. essaie de me dissuader mais il comprend rapidement que je ne renoncerai pas. Il prend donc la décision de me soutenir. Un soutien qui va tout changer.

C. et moi, nous nous appelons très régulièrement. Cette année nous ne suivons plus les mêmes cours, cela complique un peu nos échanges et le suivi des dossiers sentimentaux. Pour le tenir informé en temps réel, je commence à lui écrire. Très vite, il me fait savoir qu'il adore mes mails. Il me dit que j'écris des trucs drôles. Puisqu'il est partant, je me mets à écrire davantage. Les mails deviennent très longs et de plus en plus personnels. Ce que je lui envoie ressemble à un journal de bord où je parle de tout, c'est-à-dire pas seulement de ce que je ressens pour T., ou des stratagèmes mis en place pour le connaître et me rapprocher de lui, mais aussi des questions que je me pose, des réflexions que je me fais et qui, la majorité du temps, sont en rapport avec le handicap.

C. tient entre les mains la version écrite de ma crise existentielle. Il est ravi. Il me déclare un jour que cette histoire est son feuilleton préféré. Il me répète que j'écris bien, que je dois continuer. Il se plaint quand il ne reçoit rien ou quand les mails sont trop courts. Mon unique lecteur devient de plus en plus exigeant et difficile à satisfaire.

C. est la première personne de mon entourage, en dehors des professeurs et de ma famille, qui m'encourage à écrire. Il me conseille très sérieusement d'en faire un livre. Je rigole. Il faut toujours qu'il en rajoute. Ce que j'écris est marrant mais ça ne casse pas trois pattes à un canard. C. n'est pas d'accord, il trouve ce qui concerne le handicap passionnant et c'est grâce à lui que la lettre sur le Téléthon voit le jour[1].

Cette lettre – puisque vous voulez tout savoir – était à l'origine un mail adressé à C. Quand il l'a lu, il m'a dit : « C'est quand même dommage que je sois le seul à lire ça. Il faudrait que tout le monde puisse lire ce que tu écris. » Tout le monde ? Mais comment ? Je ne suis personne, juste une étudiante en droit. Je ne vois pas comment ce que j'écris pourrait intéresser qui que ce soit. Ma seule chance

1. Elle est également librement inspirée, je dois le dire, par l'intervention de Christophe Martet, le président d'Act Up, au Sidaction de 1996, qui m'a beaucoup impressionnée.

d'être lue serait de me faire publier dans une rubrique type « courrier des lecteurs », et encore, une rubrique comme celle de… *Télérama*[1] ! L'idée a fait son chemin et elle a pris forme, trois ans plus tard (oui, je suis un peu lente parfois).

C. ne m'a pas seulement encouragée à écrire. Il est aussi le premier garçon de mon âge à m'avoir dit qu'il me trouvait belle. C. ne tarit pas d'éloges à mon sujet. À l'écouter, on pourrait croire que je suis la huitième merveille du monde. (Je vous le dis direct : ce n'est pas le cas !) Il y a un aspect qu'il n'oublie jamais : l'apparence physique. C. insiste beaucoup dessus. Pourquoi ? Je ne sais pas. Ce qui est certain, c'est qu'il a fait tout ce qui était en son pouvoir pour réparer le miroir dans lequel je me regardais sans me voir.

Au début, quand C. me disait que j'étais belle, je croyais qu'il se foutait de moi. Lorsque j'ai compris que non, j'ai essayé de lui expliquer que ce n'était pas la peine de me mentir pour me faire plaisir : « Je n'ai pas besoin de ça. » Rien à faire, avec lui, impossible de rester moche en paix.

Un jour, il me fait une réflexion extrêmement déstabilisante : « Tu ne peux pas continuer à imaginer que tous ceux qui disent qu'ils te trouvent belle sont des menteurs. Dans le lot, il y a forcément des gens qui sont sincères, qui le pensent vraiment, comme moi. Tu dois accepter cette idée-là. »

1. C'est la troisième fois que je cite *Télérama.* Je n'en suis pas actionnaire, mais j'aimais bien quand ma mère achetait ce magazine. J'ai toujours adoré leur courrier des lecteurs « Ça va mieux en le disant ». Tous ces gens inconnus qui écrivent si bien, avec tellement d'humour, je trouve ça génial. Mon *life goal* était d'être publiée dans cette rubrique. J'ai réussi plus tard mais pas avec la lettre sur le Téléthon, car ils m'ont demandé de modifier la chute et j'ai refusé.

Mmm… Je n'avais jamais vu le problème sous cet angle. Il a raison (il est chiant). Il faudrait les croire ? Bon, je veux bien essayer. On va commencer avec toi, déjà. On va dire que je te crois.

C. a beaucoup de qualités. Il est très franc, direct et honnête. Il dit ce qu'il pense et surtout ce qu'il ressent, sans réfléchir. C'est impressionnant les gens qui, comme lui, expriment leurs émotions avec autant de facilité. Son intelligence émotionnelle est rare. C. est généreux et très disponible[1]. Vous pouvez compter sur lui, c'est un garçon fiable. Pas du genre à vous laisser tomber.

C. répond au téléphone et rappelle rapidement, surtout si c'est important. Même si vous l'interrompez pendant qu'il regarde un match du PSG, il dira « tu ne me déranges jamais ». Quand c'est lui qui appelle, je suis aux anges. Tellement contente, vous ne pouvez pas savoir ! Aussi contente que quand T. appelle, le stress en moins.

Parler avec C. est très agréable. Il comprend le principe de parler pour parler, juste pour échanger, sans but particulier. Il n'est pas comme beaucoup d'hommes qui pensent que chaque fois qu'une femme s'exprime devant eux, elle leur soumet un problème qu'ils sont les seuls à pouvoir résoudre, et se creusent les méninges pour vous trouver une solution, un avis, une aide que vous ne leur avez jamais demandés. Au contraire, C. sait écouter. Nous passons un nombre d'heures incalculables au téléphone. Des heures

1. Pour moi la vraie mesure de la générosité, ce n'est pas l'argent, c'est le temps que l'on donne aux autres. Mais C. est généreux y compris financièrement : il invite tout le temps.

– sponsorisées par le forfait Millénium de son père – à discuter et à rire. Nous avons de moins en moins l'occasion de nous voir. Tout se passe par téléphone et par mails.

Les mails que j'écris nous lient étroitement. Nous en parlons beaucoup. De son côté, C. écrit peu. Il se contente de me dire ce qu'il en pense et de m'encourager. Il ne me pose aucune question indiscrète, il ne force rien et c'est sans doute la raison pour laquelle je me suis autant confiée.

Écrire, même pour une seule personne, est un acte responsabilisant. L'une de mes préoccupations premières est de ne pas faire de mal à C. Il est sensible, il ne s'agit pas de l'affliger avec mes problèmes. Je lui épargne tout ce qui est trop triste, trop lugubre, ce que j'ai pu vivre en institution par exemple. C. croit en moi, je ne veux pas qu'il pense que j'ai été abîmée.

Plus je lui écris, plus j'ai l'impression qu'il s'attache à moi et réciproquement. C'est surtout lorsque l'on se voit que je m'en rends compte et que je suis prise d'une profonde angoisse, que je ne saurais même pas expliquer. Son affection ne ressemble à rien de ce que je connais. Elle me trouble. Elle a l'air tellement forte, tellement sincère, je ne suis pas sûre de la mériter. Il y a des jours où je me demande si tout ça n'est pas dangereux, s'il ne vaudrait pas mieux arrêter de lui écrire, mais il est contre cette idée.

C. n'est pas du genre torturé, il donne plutôt l'impression d'être équilibré et même mature pour son âge sur de nombreux sujets. Il est le plus souvent de bonne humeur et il est très positif. Il dit que tout problème a une solution et que « s'il n'y a pas de solution, c'est qu'il n'y a pas de problème ». Je ne l'ai vu que deux fois en colère, le jour de la discussion sur Chirac et le dernier jour où on a parlé de T. Je l'ai vu démoralisé aussi, quand il s'est retrouvé au chômage après la fin de ses études, mais ça n'a pas duré.

C. aime le sport, surtout le foot ; il y joue avec ses potes et il lit *L'Équipe*[1]. Dès qu'il le peut, pour financer ses études, il travaille à la boutique du PSG du Parc des Princes. Pourtant, comme moi, il va à tous les cours.

C. est un bosseur. Il ne vient pas d'un milieu aisé, mais il n'a pas pu avoir de bourse parce qu'il dépassait de peu les plafonds de ressources.

C. est comme Aznavour, sa famille est d'origine arménienne. Il adore sa grand-mère, qui vit avec lui et ses parents. Parfois, il me confie sa crainte du jour où elle va mourir. C. croit en Dieu, mais il n'en parle jamais.

C. me comprend, il m'adore mais il connaît mes travers, et je dois dire qu'il y réagit de façon originale. Si je pars dans les tours ou si je divague… il se marre ! Si j'angoisse ou si je déprime, il a des remèdes : il dédramatise et trouve des mots apaisants.

C. est calme et patient. Quand je raccroche après lui avoir parlé, je me sens mieux. Je n'avais jamais rencontré personne, à part ma mère, qui ait une telle capacité à me tranquilliser[2]. Je sais que je peux être moi-même avec lui. Il n'a l'air effrayé par aucun des aspects de ma personnalité. Je peux même m'adoucir si j'en ai envie, je ne risque rien.

Physiquement, C. est grand et plutôt carré des épaules. Mon père m'a souvent dit qu'il avait de l'allure. C'est vrai. Il y a des filles à qui il plaît bien, mais il y en a beaucoup

1. D'ailleurs, j'ai la sensation que l'avenir du PSG le préoccupe plus que celui de la droite française…

2. C. devrait être intégralement remboursé par la Sécurité sociale.

aussi à la fac qui disent que C. est *trop* gentil[1]. Ce n'est pas un compliment dans leurs bouches. C'est une façon de dire qu'il n'est pas assez viril à leur goût. En plus, C. est romantique. Il fait des choses que de nombreuses personnes trouvent ridicules, comme envoyer vingt roses rouges à la fille qu'il aime pour ses vingt ans.

Un jour, C. m'a fait découvrir une chanson de Jean-Jacques Goldman qu'il aimait beaucoup : *Doux*. Je ne la connaissais pas et, sur le moment, je n'ai pas trop compris son intérêt. En fait, je sais maintenant qu'elle parle de lui. Elle décrit un homme doux, attentionné et tiède, aux genoux de son amie, qui refuse la masculinité agressive et performative.

Contrairement à ce qu'imaginent mes copines, C. n'est pas un mou ou un faible. Il est fort mais sa force n'est pas de celles qui s'imposent. Elle est de celles qui accompagnent.

C. n'est pas un saint non plus. Il a des défauts. Là tout de suite, j'ai du mal à m'en souvenir, mais attendez… euh… il ne boit pas du tout d'alcool. Il ne fume pas non plus, cela va sans dire. Ce ne sont pas des défauts, je sais. Les gens qui traversent la vie sans alcool, c'est peut-être ça, le vrai courage. Quoi d'autre ? Il met des shorts ! C'est un *fashion* faux pas pardonnable. Quand j'ai eu le malheur de faire une réflexion à ce sujet, il m'a répondu : « Et alors ? C'est confortable. » Si c'est confortable, ma foi…

Non, le seul vrai défaut dont j'arrive à me souvenir, c'est que C. a parfois des idées préconçues sur les femmes. Il

1. C. connaît ce reproche et nous en avons beaucoup parlé. Nous sommes tous les deux d'accord sur un point : ce grief est absurde. On n'est jamais *assez* gentil dans la vie.

est persuadé, par exemple, que les filles dans leur majorité sont inexorablement attirées par les salauds. C. est adepte du sexisme bienveillant. Il est une sorte de chevalier servant des temps modernes qui aime tout ce qui met en avant le rôle protecteur des hommes. Je dois dire cependant qu'il est prévenant avec tout le monde, pas seulement avec les femmes, et il m'a toujours semblé qu'il avait à l'égard de celles-ci un respect réel et non pas de façade.

***

Cela va faire des années que je n'ai pas revu C. J'ai arrêté de le voir bien avant de cesser de voir T. Pourquoi ? Je ne sais pas. Avec le temps, il s'est passé quelque chose d'étrange. C. a commencé à détester T. Il semblait considérer qu'il me faisait du mal et le tenait pour responsable de tout. Progressivement, j'ai senti qu'il ne voulait plus entendre parler de lui. Je peux comprendre sa lassitude à force. Ce que je comprends moins, en revanche, c'est sa jalousie. C. était jaloux de T. ou plutôt de ce que j'écrivais sur T., quelque chose comme ça.

Et puis, à une soirée, C. a rencontré la fille qu'il cherchait. Celle qui lui correspondait. Elle est devenue sa petite amie et il a été de moins en moins disponible. Normal. Je ne lui en veux pas.

Pour finir, la première fois que je me suis disputée avec T. et que j'ai annoncé à C. que je comptais le revoir malgré tout, il m'a demandé de tout arrêter. Ses mots exacts étaient : « Tu ne peux pas lui pardonner ! Je t'interdis de lui pardonner ! » Ce n'était plus un conseil, c'était un ordre. De toute évidence, C. était arrivé à saturation. Il estimait que cette histoire ne menait nulle part et avait trop duré. À ce moment-là, j'ai eu la sensation de devoir faire un choix entre mon meilleur ami et celui que j'aimais. Il n'était plus possible, qui plus est, de continuer à raconter par écrit des choses aussi personnelles à un ami qui n'était plus célibataire. Si la copine de C. venait à tomber sur mes mails, ce serait la cata. Quand elle lirait mes réflexions sur le soutien-gorge, nous aurions du mal à la convaincre qu'il s'agissait d'une expérience littéraire de la plus haute importance.

Quasiment du jour au lendemain, je n'ai plus eu de contact avec C. C'était sans doute mieux pour nous deux. Il n'a pas insisté. Il avait terminé sa quête : il avait une petite amie, il l'aimait, il était heureux, il n'avait plus besoin de moi. Ma quête à moi n'était pas finie. Je n'avais jamais été aussi proche de T. Il fallait que j'aille jusqu'au bout.

C. a fait sa vie avec sa nouvelle amie. Aujourd'hui, ils ont un fils qui est fan du PSG, et je suis très contente de savoir qu'il a la vie dont il rêvait.

Épisode 12

Bollywood dans ma tête

Pour essayer de tenir le cap et ne pas me noyer dans le spleen, j'ai également cherché du réconfort dans la musique et le cinéma, mais une difficulté s'est immédiatement posée à moi : le relativisme culturel.

Je suis une dangereuse binationale. Je suis franco-chilienne. La France est le pays où j'ai grandi, où j'ai été élevée, scolarisée et dans lequel j'ai choisi de construire ma vie. Le Chili est le pays où je suis née, dans lequel mes parents ont grandi, ont été éduqués et où se trouve tout le reste de ma famille paternelle et maternelle.

Puisque j'en étais à tout remettre à plat, je me suis posé une question simple. Qu'est-ce que l'amour exactement ? Il y a autant de définitions que d'individus bien sûr, mais il y a aussi d'importantes différences d'ordre culturel à ce sujet.

Laissez-moi vous dire que l'amour en France et l'amour en Amérique latine, ce n'est pas la même chose. Ayant été élevée par deux parents chiliens, lorsque j'ai tenté de trouver des chansons françaises qui exprimaient ce que je ressentais, j'ai galéré et pas qu'un peu… Rien ne *matchait*.

En France, la plupart des gens sont cartésiens et raisonnables. Lorsque j'étais étudiante, le mot « amour » ne s'utilisait quasiment plus. Il était considéré comme étant d'un autre âge, ou alors comme un mot trop fort, dangereux, limite explosif. Il était mal vu de l'employer à la légère, à tort et à travers, comme je le faisais moi. On m'a même soutenu que l'on ne pouvait pas être amoureux de quelqu'un avec qui il ne se passe rien. Ah bon ? Mince, il va falloir prévenir pas mal d'artistes et d'écrivains. Quelqu'un a le 06 de Flaubert[1] ?

Si vous pensez être amoureux de quelqu'un qui ne vous aime pas, en France, c'est simple, vous lâchez l'affaire. S'obstiner relèverait de la pathologie. Si vous êtes un chanteur ou un compositeur, à moins que vous ne vous appeliez Édith Piaf, vous écrivez une chanson à tendance neurasthénique sur le renoncement et la dépression. Vous vous faites prescrire du Xanax, que vous mélangez avec un peu de vin rouge pendant quelques semaines, et vous passez tranquillement à autre chose.

En Amérique latine, en Italie ou en Espagne, rien à voir. L'amour existe. Il est considéré dès le départ comme une maladie incurable. Si vous êtes amoureux de quelqu'un

1. Il est mort Flaubert ? Ça tombe bien, parce qu'entre nous *L'Éducation sentimentale*, je ne sais pas si vous l'avez lu, mais c'est une escroquerie ! Il ne se passe rien entre les deux personnages principaux, mais rien… de rien ! Il lui frôle la main à la fin, c'est tout. À côté, T. et moi, c'était le film *9 semaines ½*.

qui ne vous aime pas, c'est simple… vous devez vous battre ! Bah, ouais ! La vie est un combat.

Si vous êtes un chanteur ou un compositeur, vous écrivez une chanson vivifiante, pour dire à l'élu(e) de votre cœur combien vous l'aimez et lui assurer que vous ferez tout pour le/la convaincre que votre amour est le plus fort, le plus beau, le plus grand, et que si vous deviez y renoncer, vous ne pourriez qu'en mourir. Tout le monde a conscience que cela peut très mal finir, mais c'est comme ça. L'AMOUR quoi !

Jean-Jacques Goldman ça va deux minutes, mais après avoir épuisé toute la soul, le disco, le R&B, et le George Michael que j'avais sous le coude, j'ai eu besoin de Rocío Jurado, Raphael, Sandro, Joan Manuel Serrat, Juan Luis Guerra, etc. Bref, des chanteurs hispaniques ou latinos qui comprennent – vraiment – de quoi je cause et l'expriment comme je le ressens.

« Je suis ici pour t'aimer et pour t'adorer. Je suis ici pour te dire que personne ne t'aimera jamais comme je t'aime moi… » Voilà ce que j'ambitionne d'aller crier sous la fenêtre de T., comme le chanteur espagnol Raphael dans sa chanson *Yo soy aquel.*

Pour ce qui est du cinéma, même chose. Difficile de me reconnaître dans des films français ou américains dans lesquels deux personnages qui se plaisent finissent au lit ensemble au bout de disons… deux minutes top chrono. Comme par magie, sans même avoir échangé trois mots et posé la question d'usage : « Tu as des préservatifs ? Parce que si t'en as pas… ben… vaut mieux qu'on regarde la télé. »

J'ai donc trouvé refuge dans les films bollywoodiens, que j'ai découverts à cette période[1], et leurs histoires-fleuves d'amours impossibles, contrariés par la pression sociale et familiale, dans lesquelles il n'y a pas, ou très peu, de contact physique.

À Bollywood, deux personnages qui s'aiment – oui, car ils s'aiment direct à Bollywood comme dans les télénovelas en Amérique latine, ils n'hésitent pas pendant cinquante ans comme à Paris – ne s'embrassent pas. Ils n'ont pas de rapports sexuels non plus, s'ils ne sont pas mariés. Pour autant, le sexe n'est pas absent de l'histoire, au contraire, comme il n'est pas autorisé, qu'il est refoulé et impossible à évoquer de façon explicite, il est… partout ! Suggéré dans des détails. Le moindre effleurement – vêtement mouillé, bracelet que le personnage masculin passe au poignet de celle qu'il aime – devient érotique comme dans la chanson *Suraj Hua Maddham* du film *La Famille indienne* avec les acteurs Shah Rukh Khan et Kajol.

À ce moment-là de ma vie, pour des raisons assez évidentes, ce cinéma a eu un effet cathartique bienvenu sur moi. En un sens, il me semblait bien plus proche de ce que je vivais que tout ce que je pouvais voir ailleurs. Le poids du patriarcat, de la religion, et l'hypocrisie qui pèsent sur chaque récit ne m'ont pas échappé, je vous rassure. Mais il ne faut pas croire que les films grand public occidentaux en sont exempts. Loin de là. Ils obéissent juste à des codes narratifs différents. Remplacez

1. Toutes ces couleurs, ces chorégraphies et ces chansons géniales ! Il y a des gens en Inde qui filment ce qui se passe dans ma tête quand je vais bien !

« religion » par « société de consommation » et ajoutez une couche supplémentaire de violence sexuelle[1], vous aurez la recette de base du cinéma populaire occidental.

Je ne fais pas partie de ceux qui pensent qu'il faille forcément être mariée ou connaître le numéro de Sécu du mec avec qui l'on couche, mais avoir son nom de famille[2] et son prénom ne me paraît pas totalement inutile. Si vous voulez mon avis, un peu de sexe, toutes orientations confondues, entre les personnages de Bollywood ne préjudicierait pas à l'histoire, et un peu d'émotion et de sentiments dans les films occidentaux ne mettrait pas en péril la cohésion sociale non plus. Trop rares sont les films qui, à mon goût, parviennent à trouver l'équilibre entre les deux.

Il y a un autre élément des films bollywoodiens qui s'exporte mal en Occident. La théorie de l'âme sœur. Dans les films de Bollywood, certaines personnes sont faites l'une pour l'autre. Elles sont liées par une force qui les dépasse, un lien indestructible qui demeure quoi qu'il advienne, même si elles ne finissent pas ensemble.

En Occident, l'âme sœur est un concept dépassé. À part mon ami C., personne n'y croit plus. Les gens se choisissent de façon libre, émancipée et consciente, sans déterminisme social, sans racisme, sans validisme, sans inégalités, préjugés et exclusion d'aucune sorte, comme de bien entendu ! Tout se passe toujours nickel chrome entre adultes consentants.

Pour ma part, je trouve la théorie de l'âme sœur un peu flippante. Une seule personne sur la planète qu'il

1. À l'égard des femmes toujours. Une violence récurrente, omniprésente et totalement banalisée.

2. Pour le retrouver en cas de problème.

faudrait passer sa vie à chercher ? Et si vous ne la trouvez pas, ou que vous passez à côté d'elle sans vous en apercevoir, vous devenez quoi ? Non, sans façon, je n'ai pas envie de faire de la recherche de cette âme sœur, ou même simplement d'un partenaire, un objectif de vie ou une obsession. Je préfère me dire qu'il y a, disons, plusieurs âmes sœurs. Différentes combinaisons possibles selon les circonstances, les rencontres et les choix que nous faisons.

Épisode 13

Les « expériences »

Les tocards d'Internet

Si ce n'est pas T., ce ne sera personne !

D'après mes amis, je suis plus têtue qu'Yvonne Elliman, la chanteuse de *If I Can't Have You*. Ils me disent et me répètent que je « focalise » sur T. Je ne vois que lui, je suis obsédée par lui, alors qu'il y a des tas d'autres garçons autour de moi. Ah, bon ? Où ça ? Ils n'ont aucun nom précis à me soumettre bien sûr, mais tout le monde s'accorde à dire que je ne fais aucun effort pour trouver quelqu'un d'autre avec qui ce serait possible.

Mes amis me conseillent d'ouvrir les yeux, de regarder autour de moi. On me parle également d'Internet. Internet[1]… ce n'est pas vraiment ce que j'attends d'une rencontre.

Autant vous le dire tout de suite, vous n'allez pas être étonné, le marché du « plan Q » avec un inconnu ne

1. Aujourd'hui, on m'aurait conseillé Tinder et toutes les appli de rencontres existantes.

m'intéresse pas tellement. Consommer quelqu'un ne me dit rien, être consommée encore moins. Sur ce marché, je suis hyper mal cotée en plus, je le sais et je m'en fiche pas mal. Les notes attribuées par des mecs qui ont trop regardé *Alerte à Malibu* et ne me connaissent pas n'ont aucune valeur pour moi.

Le marché des « relations sérieuses[1] et durables » ne m'emballe pas davantage. Il y a des gens qui cherchent une vraie relation par ce moyen, je ne le nie pas. S'ils y trouvent leur compte, tant mieux pour eux. Mais de mon point de vue, l'approche reste sensiblement la même. Je n'ai pas tellement envie de choisir un homme, comme je choisirais un produit de vaisselle, sur la base d'une image et d'une étiquette, qu'il aurait lui-même rédigée.

Je n'ai pas non plus envie de devoir me poser des questions du type « est-ce que je dois dire que je suis handicapée ? ». Si oui, quand ? Dès le départ, en cours de route, à la fin ? Si je le cache, j'aurai plus de possibilités d'échanges mais sur de mauvaises bases. Si je le dis… il y aura moins de monde intéressé. Si je garde la surprise pour la fin : la nouvelle fera l'effet d'une bombe. Youpi. En fait, ce sont les mêmes questions que celles que j'ai dû me poser lors de mes recherches d'emploi. Comparaison édifiante s'il en est…

Mon handicap est visible. Tout le monde peut observer ce que je suis physiquement et je n'y vois aucun inconvénient. J'ai le contact facile. Je ne suis pas ce que l'on pourrait appeler « timide », même avec les hommes. Je ne

1. Déjà la formule « relation sérieuse » me fait rire. Ça sonne ronflant et chiant, non ? Pourquoi on ne dit jamais je cherche une « relation fun » ?

suis pas émotive. Je ne rougis pas. Je ne me suis jamais gênée pour dévisager, faire de l'œil, approcher, prendre les noms et les numéros de ceux qui me plaisaient[1].

Être derrière un écran ne m'apporte rien de plus à ce niveau, au contraire, cela m'empêche même d'avoir accès au plus important : ce truc unique et indéfinissable qui émane d'une personne. L'âme, l'aura, les vibrations, le *Chi*. Appelez ça comme vous voulez. Tout ce qui est perceptible dans le regard, la voix, l'intonation, le sourire, la gestuelle ou les mouvements du corps et que masque justement un écran. Même les êtres humains les plus doués ne peuvent pas se contrôler totalement, c'est bien la raison pour laquelle il s'agit selon moi d'une source d'information essentielle dans une rencontre.

Revenons à mon mouton. Au final, pour suivre à ma façon les conseils de mes amis, je prends la décision non pas de m'inscrire sur des sites de rencontres, mais de faire des recherches sur la vie sentimentale et sexuelle des personnes handicapées.

En faisant ces recherches, je tombe sur un site qui sort du lot, avec un forum de personnes concernées qui discutent entre elles, et des petites annonces. Dans les petites annonces, je découvre ce que je n'avais jamais vu auparavant : des hommes valides qui cherchent à rencontrer exclusivement des femmes handicapées. Certains évoquent le terme « d'assistant sexuel » que je ne connaissais pas jusque-là. Le handicap comme critère de choix ?

1. Il est rare que je fasse quelque chose des numéros en question, je vous l'accorde. C'est… comment dire, disons, pour jouer. Si le flirt était un sport, je serais médaille d'or.

Comment ça ? Je veux comprendre… Je décide de répondre à trois de ces annonces. On verra bien.

Dès le départ, je suis franche[1]. Je leur explique que je ne recherche personne mais que je souhaiterais en savoir plus sur leur démarche. Pourquoi ils ne veulent rencontrer *que* des femmes handicapées ?

Le premier me répond en une seule phrase claire, directe et fleurie, qu'il veut baiser. Je suis pliée en deux de rire. *Adiós amigo* !

Suivant.

Le second est juriste[2]. Il aime écrire, ça pourrait devenir intéressant… Il m'explique qu'il a déjà eu des relations sexuelles avec une femme handicapée. Il me décrit tout dans les moindres détails. Selon lui, ça s'est très bien passé et il a même fait une bonne action puisque c'était une première fois pour elle.

Il me propose par conséquent la même chose. Son scénario est déjà ficelé. Il n'est pas très original, et le plus fascinant est que ce mec a l'air de penser qu'il suffit de changer la fille pour que tout se passe de la même manière. Il n'envisage pas que je pourrais avoir une personnalité, un parcours ou des attentes différentes de celles de la femme handicapée qu'il a connue avant moi.

Nous avons échangé pas mal de mails. Un jour, il me pose une question qui, de toute évidence, l'intéresse au plus haut point depuis le début et lui brûle les doigts.

1. J'apprendrai plus tard qu'il ne sert à rien d'être franche avec des mecs qui veulent du sexe. Ils n'écoutent pas et n'ont qu'un but, vous faire céder.

2. Le droit, le droit, le droit. On ne se refait pas !

« Est-ce que je suis vierge ? » Ah, d'accord… très original comme fantasme de domination. Vraiment. Ça tombe bien, je déteste les hommes obnubilés par la virginité et qui apprécient les femmes en fonction de leur degré de « pureté ».

Puisqu'il pose des questions, j'en pose également et je finis par apprendre qu'il est en couple. Il vit avec sa copine mais il ne l'aime plus. Il n'ose pas le lui dire. J'en déduis qu'il s'ennuie comme un rat mort et que, pour se distraire, il rencontre des femmes handicapées sur Internet et leur propose *courageusement* des rapports sexuels, parce que vous comprenez : coucher avec une femme handicapée ce n'est pas vraiment tromper, c'est rendre un service. Monsieur est philanthrope.

Au bout de quelques semaines, il commence à s'impatienter. Il me demande si, oui ou non, je suis d'accord pour le retrouver dans une chambre d'hôtel.

Cette proposition demande réflexion… Voyons… Mmm… NON.

En retour, j'ai le droit à l'argument le plus vieux du monde : je suis une coincée. Bien. Peut-être[1]… *So what* ?

Le mec m'a également sorti un truc, qui même des années plus tard me fait encore pleurer de rire, vous n'imaginez pas. Il m'a écrit ceci : « Tu intellectualises trop la relation. » Elle est tellement belle cette phrase ! Je devrais en faire un mug, un T-shirt et la broder sur mon édredon.

1. Dans la vie, il faut se méfier de l'eau qui dort. Ce n'est pas ceux qui la ramènent le plus sur le sujet qui sont les plus actifs ou les plus inventifs le moment venu. Passons.

Reprenons depuis le début : si refuser de me retrouver seule dans une chambre d'hôtel avec un parfait inconnu, que je n'ai jamais vu, qui ne m'intéresse pas (que je n'intéresse pas) et n'a qu'un seul objectif – coucher avec moi parce que je suis vierge – cela s'appelle « intellectualiser la relation », alors OUI, on peut le dire, j'intellectualise à FOND ! Et j'emmeeeeerde les mecs comme toi ! J'essaie dans la mesure du possible de connecter mes neurones pour éviter de me mettre en danger. Je ne prendrai pas le risque de me faire agresser alors que, physiquement, je suis plus vulnérable que la moyenne et ne pourrai pas te mettre un bon coup de genoux là où il te ferait le plus grand bien.

Ce type imagine apparemment que je porte ma virginité comme une croix. Perdu. Je ne cherche ni à m'en débarrasser à tout prix avec le premier venu, ni à l'offrir comme un trophée ou une récompense à qui que ce soit. Il faut arrêter ce cirque sordide autour de la virginité. Je ne comprends pas les gens qui veulent avoir des rapports sexuels juste pour obéir à une injonction sociale et répondre à une prétendue norme qui ne correspond à rien. Si la vie vous fait rencontrer quelqu'un qui vous plaît, que l'occasion se présente et que vous en avez envie, génial, mais si ce n'est pas le cas, pourquoi est-ce qu'il faudrait que cela devienne un problème ? Et puis, comment ça s'appelle déjà quand une fille se force à coucher avec un CON juste pour lui faire plaisir ?

Le fait, qu'en plus, il m'explique le plus sérieusement du monde qu'il me fait cette proposition uniquement pour me rendre service – alors que de toute évidence, si j'acceptais, c'est plutôt moi qui égaierais sa vie – me laisse sans voix.

Next.

Le troisième et dernier mec a été un festival également. Il a carrément fallu que je le rencontre. L'horreur. Le rencard le plus long et le plus chiant de ma vie.

J'ai accepté de le rencontrer dans un lieu public parce qu'il était moins agressif que le précédent et qu'il n'avait pas l'air obsédé par l'idée de coucher avec moi.

Le rencard s'annonçait déjà mal quand il a demandé, et insisté, pour que je vienne avec une chemise blanche et sans soutien-gorge. Hein ? Comment a-t-il pu imaginer que j'allais suivre ses instructions vestimentaires[1] ? Je m'y suis donc rendue avec une chemise blanche et le soutien-gorge le plus opaque de ma lingerie. Maintenant que j'y pense, cette demande aurait dû m'alerter sur ses véritables intentions, mais il faut croire que je suis un peu teubée.

Durant le rendez-vous, je découvre un mec très mal dans sa peau, avec zéro humour. Il ne parle que de lui et me raconte que les femmes (valides) sont toutes méchantes. Dans son monde peuplé de salopes, aucune femme ne veut de lui, mais à aucun moment il ne remet en question son propre comportement lourd et asphyxiant.

Ce mec veut rencontrer une fille handicapée parce que les femmes handicapées sont plus douces et plus gentilles. Elles seront forcément intéressées par lui, puisque ce n'est pas comme si elles avaient le choix. *Zen… Ne pas rire, ne pas s'énerver, respirer par le nez.*

Ce *date* est un tunnel d'ennui et de gêne. J'écoute sa complainte sans fin et je ne sais pas comment faire pour fuir. Au bout d'un moment, je finis par dire : « Il se fait

1. L'homme qui va me dire comment m'habiller, me coiffer et me maquiller, il n'est pas encore né, je vous le garantis.

tard, je vais devoir partir. » Et là… c'est le drame ! Ça fait au moins trois heures qu'on est dans ce café, mais il considère qu'il est inadmissible que je parte maintenant. Selon lui, nous devions dîner et passer la soirée ensemble. Pardon ? Toute la soirée ? Mais pour quoi faire ? Je ne veux même pas le savoir. Il est vexé et mécontent. Je ne suis qu'une salope de plus, et sa théorie se confirme : les femmes, au fond, (même handicapées) sont toutes des salopes[1]. Je lui rappelle que nous avions convenu de prendre un verre. C'est fait et je dois PARTIR.

Heureusement pour moi, je suis venue accompagnée. Même dans un lieu public, il était hors de question de me retrouver seule avec un mec rencontré sur Internet que je ne connaissais pas. J'ai donc demandé à deux amis proches de venir avec moi. Ils sont installés tous les deux dans la salle, non loin de nous. De là où ils sont, ils me voient et sont prêts à intervenir si je crie.

Je n'ai pas eu besoin de crier, j'ai juste dit à Calimero la vérité. Je ne suis pas venue seule et maintenant je dois y aller. Évidemment, il n'a pas apprécié mais je m'en cogne, et je me dis que j'ai vraiment bien fait de demander à mes amis d'être là.

L'expérience Internet aura donc été sur le plan personnel peu convaincante. Je n'ai pas gagné en confiance, je n'en ai pas perdu non plus me direz-vous. J'ai juste eu la sensation très désagréable d'être un morceau de

1. I aurait été intéressant d'organiser un débat sur BFMTV entre ces deux prix Nobel, pour savoir si je suis « plutôt coincée ou plutôt salope ? ».

viande de second choix. J'en ai conclu que les critères de choix auxquels les gens se soumettent sont, comme je le craignais, plutôt factices, réducteurs et superficiels. J'ajouterais qu'ils conduisent à une sélection qui me paraît intrinsèquement violente.

J'ai également été confortée dans l'idée que ce mode de rencontre n'était pas fait pour moi. L'essentiel dans la vie, c'est de trouver des espaces dans lesquels on se sent bien. Or, ces lieux de rencontres virtuels ne me font pas me sentir bien. Ils me donnent la sensation de devoir être honteuse de mon handicap, alors que je ne le suis pas, ou de devoir le mettre artificiellement en avant, alors que ce n'est pas le but. Je n'ai pas spécialement envie d'être « choisie » sur ce critère qui ne dit pas tout de ce que je suis.

Sur le plan intellectuel, Internet m'a cependant permis de découvrir de nouveaux fantasmes sur le handicap que je ne connaissais pas. Ils reposent sur l'essentialisation des femmes handicapées qui seraient considérées comme plus dociles et naïves que la moyenne, puisque peu expérimentées et moins exigeantes que les femmes valides. Une définition effarante et tellement éloignée de moi[1] que je n'en revenais pas.

Parmi les hommes valides qui font du handicap un critère de choix, certains fétichisent les femmes handicapées, ou les envisagent même comme une expérience « inédite » qui leur permettrait de tester leurs limites, ce qui n'a rien d'attrayant et me semble même répugnant.

Je commence à m'inquiéter pour les autres jeunes femmes handicapées qui pourraient se retrouver devant

1. Aucune des femmes handicapées que je connais ne correspond d'ailleurs à cette définition.

ces mecs et se laisser convaincre qu'elles ne peuvent aspirer à rien d'autre.

Personne ne couche avec vous pour vous rendre service. C'est faux.

Non, je ne veux pas ton numéro.

Non, je ne te donnerai pas le mien.

Non, je ne veux pas te rencontrer, dégaaaaaaaaage !

Les TLC ont raison, les tocards, les *scrubs,* c'est non !

Le psy

Ma mère me dit depuis longtemps que je devrais aller voir quelqu'un. Parler à un professionnel. Voir un psy quoi ! Il paraît que j'ai vécu des choses difficiles dans ma vie et que cela me ferait du bien. Des choses difficiles ? De quoi elle parle ? Je ne vois pas. Bon… admettons. L'idée du psy ne me plaît pas. Je n'ai rien contre le principe mais je sens que je serai une très mauvaise cliente.

J'ai beaucoup réfléchi et finalement je me suis laissé convaincre d'essayer. Si ça peut m'aider avec T., je suis prête à faire cet effort-là.

Le résultat ? Pas mieux qu'Internet. Pire même. De l'argent dépensé pour rien. Si j'avais renouvelé ma garde-robe avec, je m'en serais mieux sortie avec T.

Le plus grave est que je suis tombée sur la mauvaise personne : un homme, déjà, et très âgé, en plus. Il me donnait l'impression d'être un vieux prof, et je n'ai jamais raconté ma vie privée aux profs. Du coup, je ne pouvais pas tout lui raconter, j'étais obligée de relater l'histoire dans les grandes lignes. Il m'a écoutée mais il ne m'a rien dit de très intéressant.

Je regrette d'avoir à le dire, mais je n'ai rien appris sur moi que je ne sache déjà. Sa meilleure réplique en parlant de T. a été la suivante : « Mais… est-ce que vous ne pensez *pas* que vous ne lui êtes peut-être *pas*[1] totalement indifférente ? » J'imagine que ce jour-là il dû penser qu'il me livrait un mégascoop[2]. Je n'ai rien répondu mais j'avais envie de lui crier : « Sérieusement ? Vous pensez que je serais dans cette mouise et là, devant vous aujourd'hui, si cette idée ne m'avait pas déjà traversé l'esprit ? »

Le pompon, c'est quand même le matin où il s'est endormi ! Ouais, endormi, pendant que je lui parlais. Personne ne s'endort quand je parle, jamais. Je n'avais jamais vu ça. Insensé.

Cela s'est très mal fini. Je vous passe les détails mais c'était vraiment un schnock qui en plus, à mon avis, n'avait aucune connaissance particulière en matière de handicap.

La prochaine fois que j'irai voir un psy, et quitte à ce que ce soit un vieux monsieur, j'exige que ce soit Irvin D. Yalom dont j'ai lu pas mal de romans[3] et qui est génial.

1. Notez qu'il y avait beaucoup de « pas » dans sa phrase.

2. Comme la fois où il m'a dit que si je faisais autant d'humour, c'était pour « échapper à la réalité ». Sherlock, le mec.

3. Je vous conseille en particulier *Mensonges sur le Divan* (le personnage de l'avocate est très bien vu).

Épisode 14

La mise en œuvre de la stratégie

AGIR – RÉFLÉCHIR – ATTENDRE – PLEURER – AGIR – RIRE – ATTENDRE – RÉFLÉCHIR – AGIR…

Il est temps que je vous raconte comment j'ai merdé dans les grandes largeurs avec Mister T.

L'un des soucis est que mes actions pour me rapprocher de lui, le connaître et lui plaire se sont mises en place alors que je traversais ma crise existentielle. Je ne pouvais pas attendre qu'elle se termine. Tout s'est donc passé simultanément, et dans le désordre. (Je hais le désordre. Je ne sais plus où donner de la tête.)

Au départ, je me disais : « Je ne connais pas ce mec. Je lui ai parlé deux fois. Je dois impérativement en savoir plus sur lui. Je dois trouver le moyen de lui parler. En apprenant à le connaître, je vais bien finir par m'apercevoir de ses défauts. Il y a de grandes chances que tout retombe comme un soufflé. Et si je m'étais emballée pour rien ? Il est peut-être idiot, antipathique, inintéressant au fond.

Des garçons charmants, ce n'est pas ce qui manque. Il y en a beaucoup. La plupart du temps quand je leur parle, au bout de cinq minutes, ils ne me font plus aucun effet. C'est forcément ce qui va se passer avec T. Je vais lui parler et je serai guérie ! Difficile comme je suis, il ne passera jamais le filtre de sécurité. Mais comment faire pour lui parler ? Nous n'avons aucun TD en commun et nous ne fréquentons pas vraiment les mêmes personnes. Il se met toujours au fond dans l'amphi, dans les derniers rangs. Ça ne va pas me faciliter la tâche. Je ne peux pas accéder à ces places-là à cause des escaliers. Je n'ai accès qu'aux premiers rangs. Pour trouver des occasions de lui parler, je dois mener l'enquête et effectuer une étude approfondie de ses habitudes. » J'ai essayé, par exemple, de savoir par où il arrivait le matin, sans succès. Il change d'entrée tous les jours, le bougre. À croire qu'il le fait exprès !

Après des semaines d'observation, j'ai quand même fini par remarquer… Il y a une chose qu'il fait chaque matin en arrivant. Il n'y déroge jamais. Ça doit être important pour lui. Il va à la machine pour prendre un café avant d'entrer en cours. Ok… je ne bois pas de café. Cette boisson est dégueulasse. Mais à la guerre comme à la guerre ! S'il faut boire du café, je boirai du café ! Je jetterai le gobelet dès qu'il aura le dos tourné. S'il le faut je n'en boirai que la moitié[1]. Parfait ce plan. Parfait.

Je me suis donc mise à scruter la machine à café pour pouvoir échanger quelques mots avec T. le matin, avant que les autres ne rappliquent. Et c'est de cette façon que

1. À force de n'en boire que la moitié, j'ai fini par m'habituer au goût, et depuis je bois du café mais avec modération.

je me suis rendu compte de son manque assurance. Une histoire vraiment bête…

Un jour, je lui ai sauté sur le poil alors qu'il s'approchait de la machine en question. Je lui ai demandé de me prendre un café en lui donnant la monnaie. J'ai fait comme si j'avais besoin de son aide pour appuyer sur le bouton. C'est laid de mentir, je vous l'accorde, mais je n'avais pas le choix. J'avais préparé une batterie de questions à lui poser. En commandant le café, T. s'est trompé de touche et il a lancé la préparation d'une boisson qui n'était pas celle que je lui avais demandée. Honnêtement, cela n'avait aucune espèce importance, mais cette erreur a pris des proportions monstres. Il s'est exclamé :

— Merde, je me suis trompé de touche ! Je t'ai pris autre chose ! Je suis con !

Je l'ai immédiatement rassuré en lui précisant que ce n'était pas grave et que ça n'avait aucune importance, mais le psychodrame était lancé :

— Mais si ! C'est grave, tu m'as demandé un truc et je te sers autre chose. Je suis vraiment désolé, je suis con. Attends, je vais t'en prendre un autre

— Mais non, ce n'est pas la peine ! Je te dis que ce n'est pas grave.

— Mais si, attends, tu voulais quoi déjà ? Je suis con…

Et ainsi de suite.

Il a répété inlassablement la même chose pendant de longues minutes. Les mots qu'il a le plus martelés étaient « je suis con » et « je suis désolé ». Rien de ce que j'ai dit ne l'a fait changer de disque. Son affolement pour une erreur aussi insignifiante m'a paru ahurissant. J'ai failli lâcher : « Écoute, ARRÊTE ! Je ne bois pas de café. Ce n'est qu'une excuse bidon pour te parler ! Est-ce que l'on pourrait passer à autre chose ? Il nous reste une minute trente... » Évidemment je n'ai rien dit.

Nous avons passé le peu de temps qu'il nous restait sur cette fichue erreur de touche et je n'ai pu poser aucune des questions prévues qui étaient pourtant essentielles. « Tu as compris quelque chose au dernier cours de Régimes matrimoniaux ? Tu écoutes quoi comme musique ? Qu'est-ce que tu penses de moi ? C'est quoi ta couleur préférée ? Comment tu me trouves ? Où tu as acheté cette veste en cuir ? On t'a déjà dit qu'elle t'allait vraiment bien ? Tu as trouvé l'Arrêt qu'ils nous ont demandé en Procédure civile ? Tu fais quoi après le cours, je veux dire ce soir, ou plus tard, demain ou samedi, enfin après quoi ? Et est-ce que... Mince, y'a les autres qui arrivent, je dois filer. À plus. »

Je n'ai pu poser aucune de mes questions mais cet épisode m'en a appris beaucoup sur T. Il est moins sûr de lui qu'il en a l'air. Il est même anxieux à un point que je n'imaginais pas. Plusieurs années après, à cause de l'angoisse, T. a même failli commettre la plus grosse erreur de sa vie. Le jour du Grand Oral de l'examen d'entrée à l'école du Barreau, quand il a vu le sujet, il a paniqué et il est parti. Heureusement, une prof l'a croisé dans le couloir et l'a raisonné[1]. Il est retourné dans la salle, il a passé l'examen et il a eu une très bonne note. Évidemment ! Ce n'était que du stress, rien d'autre[2].

1. Une prof envoyée par mes ondes positives parce que je pensais très fort à lui.

2. Le plus drôle, c'est qu'il m'est moi-même arrivé quelque chose d'assez similaire le jour de mon Grand Oral, je vous raconterai ça une prochaine fois.

En dehors de quelques mots échangés ici et là, à la machine à café ou ailleurs, il était quasiment impossible de me retrouver en tête à tête avec T. à la fac. Trop de gens m'entouraient et lui-même était souvent accompagné de deux filles, une blonde et une brune. Une escorte féminine du meilleur effet, qui nous faisait bien rire avec mon ami C. Beaucoup d'étudiants spéculaient autour de la relation de T. avec la blonde. Juste parce qu'ils considéraient qu'elle était jolie et que les gens beaux… vous connaissez la suite.

T. m'a rapidement expliqué qu'en fait cette fille, qui s'appelle O., était juste la seule personne qu'il connaissait et réciproquement. Elle venait comme lui de l'université Paris II. Un jour il m'a même dit à son sujet : « Elle a voté Tiberi aux municipales. Tiberi ! Tu te rends compte ? » Il avait l'air scandalisé et j'étais de son avis. J'ai hoché la tête. Il a ajouté : « Ah, je suis content de voir qu'il y a des gens qui ont une conscience politique quand même ! » Et comment ! Je l'ai trouvé vraiment, vraiment, trop sexy ce jour-là.

Avec les rares copains que nous avions en commun, nous avons aussi fait quelques soirées ou sorties en groupe pendant l'année. De vrais fiascos. Devant les autres, je ne peux pas parler à T. Je suis obligée de faire comme s'il ne m'intéressait pas. De son côté, on ne peut pas dire qu'il change de comportement avec moi. Il est toujours aimable. En revanche, je le trouve différent avec les autres. Il surjoue la confiance et je ne le trouve pas très bon acteur. Il faut dire que personne ne lui facilite la tâche. Surtout pas les mecs qui passent leur temps à lui parler de son physique et des filles qui lui tournent autour.

À la fin de l'unique année que nous avons partagée dans la même université, le résultat de la mission « Je veux le connaître » est maigre. J'ai tout de même un aperçu de ses défauts, et ils sont gratinés. C'est ce qui m'inquiète... Ce que j'en ai vu ne m'a pas découragée. Pas du tout. Ses défauts ne modifient en rien ce que je ressens. Je le trouve de plus en plus intéressant.

L'heure est grave.

***

Durant l'été, je suis partie avec une bande de potes de l'université (treize personnes, six filles et cinq garçons) une semaine en Tunisie. Le voyage était très sympa et j'aurais aimé en profiter davantage, mais j'étais trop préoccupée pour ça. Ce que mes copains ne savent pas, c'est que cet été-là, physiquement, j'étais avec eux, mais mentalement... j'étais dans mon bunker avec mon état-major (c'est-à-dire moi), en train de préparer la suite des opérations avec T. : « Écoutez-moi bien. L'année prochaine nous serons dans des facs différentes mais j'ai son portable, j'ai son adresse, les services secrets pourront nous communiquer son mail. Il ne peut pas nous échapper. Nous allons attaquer par le flanc est, en commençant par lui envoyer une lettre qui se veut drôle pour lui raconter nos vacances en Tunisie, et qu'il pense à nous cet été. Ensuite, nous avancerons en tenue de camouflage – la couleur est moche, je sais – pour atteindre progressivement le cœur, qui se trouve ICI ! Nous installerons un siège – prévoyez assez de vivres – qui durera... le temps qu'il faudra ! Nous aviserons par la suite. Ce sera tout, rompez. »

J'ai été bien inspirée de lui raconter notre séjour en Tunisie comme si nous étions dans une émission de téléréalité. Quand je l'ai revu, à la rentrée, la première chose qu'il m'a dite est : « J'ai reçu ta lettre au fait. Elle était vraiment drôle ! » J'ai pris mon courage à deux mains. Je l'ai invité à boire un café. Il a accepté. J'étais certaine qu'il dirait oui. Avec mes airs de ne pas vouloir y toucher, le défi était gagné d'avance. Ce premier café a été le début d'une longue série… De la mission « Je veux le connaître », je suis passée à l'opération « Je veux être son amie ».

Une fois en tête à tête, il a été très simple de me rapprocher de lui sur le plan amical, je savais exactement quoi faire pour le mettre en confiance. J'avais tellement répété mon rôle de « bonne copine », je le connaissais par cœur. Pour ne pas lui faire peur, il suffisait d'avoir l'air inoffensive sexuellement.

La carte de l'amitié, je ne l'ai pas jouée *que* par stratégie. C'était la seule que je maîtrisais, d'accord, mais il y a d'autres explications.

1/ Il me semblait évident que T. ne pourrait pas s'intéresser à moi sur un critère purement physique, sans avoir le temps d'apprendre à me connaître et avoir été au préalable un ami.

2/ Je ne m'imaginais pas sortir avec quelqu'un en qui je n'avais pas entièrement confiance. Je voulais un petit ami qui soit *aussi* un ami.

3/ T. avait une copine. On n'est pas censé faire la cour à un homme qui est déjà pris, c'est maaaaaaaaaal[1] !

1. Mais vous savez quoi ? Je suis une… Jézabel !

Si j'avais été directe dès le premier jour, je suis certaine que T. n'aurait jamais accepté de boire un café avec moi. Ce choix, bien que contestable, apparaissait donc le plus judicieux. Du moins pour commencer, sauf que je n'ai pas su m'arrêter…

Au fil du temps, nous sommes devenus de plus en plus proches, mais au lieu de faciliter les choses, ça les compliquait davantage. Plus nous nous rapprochions plus je songeais avec terreur au moment où il apprendrait la vérité. Quand il saurait que je suis amoureuse de lui depuis le premier jour, il se sentirait horriblement trahi. Il ne retiendrait qu'une seule chose : que je suis une menteuse. Il pourrait même croire qu'il n'a pas de valeur en tant qu'ami, que je ne me suis jamais vraiment intéressée à lui, ce qui est faux, ou pire…. que j'ai cherché à le manipuler, alors que ce n'était pas mon objectif.

Ce que je voulais, c'était créer les conditions d'une relation qui pourrait évoluer, mais sans savoir véritablement comment. La suite du plan était confuse. Je me disais qu'un jour, il pourrait m'envisager différemment, comme une petite amie potentielle. Je pensais que je saurais reconnaître ce moment-là et improviser. En réalité, même si ce jour était arrivé, je n'aurais pas su l'identifier avec certitude et encore moins changer de comportement.

Le piège s'est refermé sur moi. C'était prévisible, me direz-vous. Sans doute. Mais le plus idiot n'est même pas là, non, le plus tragique c'est qu'à cause de mes atermoiements et de mon manque de confiance, quand je suis avec T., je fais n'importe quoi.

Je voudrais être plus que son amie, mais j'ai commencé – et continué – en faisant comme si je ne souhaitais que ça. J'essaie de me convaincre que l'amitié c'est déjà bien – *faut pas trop en demander non plus dans ta position* –, mais cette idée me révolte !

Je veux lui faire comprendre qu'il me plaît, mais je ne veux pas qu'il le sache ! Je veux qu'il le devine.

J'ai envie d'être avec T., mais au fond je ne crois pas que ce soit possible.

Je voudrais qu'il m'aime, mais je m'en veux de souhaiter une chose pareille qui nous conduirait tous les deux à la catastrophe. Je n'imagine pas une seconde que T. pourrait être heureux avec moi.

Je veux tout et son contraire.

Total des courses, je pars en vrille ! Je suis sympa, puis je deviens cassante. Je suis Pikachu et la seconde d'après la Reine des Glaces. Je lui parle beaucoup mais je ne dis rien de vraiment personnel. Je gonfle son égo et je l'égratigne en même temps. Je suis pleine d'affection à l'écrit, mais distante et froide quand je me retrouve devant lui.

Je suis peut-être même trop… masculine ? Voilà une autre réflexion stupide que je me suis faite. J'ai l'apparence d'une fille jusqu'à la caricature, mais je me comporte comme un homme. Je prends des initiatives, je m'impose, je dirige. Je suis indépendante. Face à ça, T. ne sait peut-être pas quoi suggérer. Il se retrouve dans un rôle passif. Au fond, c'est moi qui propose, c'est lui qui dispose. Lui aussi a dû recevoir une éducation assez classique et ça le gêne sûrement. Il ne peut pas être un homme avec moi parce que… « l'homme », c'est moi ! Oh, non, meeeeeerde !

En plus, je lui reproche tout. J'interprète tout ce qu'il fait et ce qu'il dit de façon négative. T. est gentil et doux avec moi, mais je ne le laisse pas faire. Quand il est trop doux, je deviens dure. Tellement dure… Trop dure. Quand il est trop dur, je me rebiffe. C'est insoluble. J'en ai des nœuds au cerveau. Qu'est-ce que je peux faire ?

J'en ai assez qu'il me trouve intelligente, mais je passe mon temps à chercher des trucs intelligents à dire[1], ou alors je reste étrangement stoïque et silencieuse par crainte de dire une bêtise.

J'adore le faire rire mais je soupèse la moindre blague. Je m'autocensure en permanence. Je garde les meilleures vannes pour moi de peur de l'effrayer et qu'il ne me prenne pour Bozo le clown. Les filles drôles ne sont pas sexy. Si j'abuse de l'humour et suis trop originale, il va fuir. Il est sérieux, il veut une fille sérieuse comme lui. Je dois rester sérieuse. Problème, je deviens limite chiante.

À défaut de plaire à T., je ne dois surtout pas lui déplaire. Tout ce que je fais et dis est dicté par cette (très mauvaise) idée, elle-même inspirée par ma principale crainte : perdre T. Ne plus le revoir.

Les premières années, il y a une chose qui m'affecte profondément quand T. s'adresse à moi, particulièrement au téléphone : c'est sa voix. Il prend une voix différente de d'habitude. La voix de quelqu'un qui aurait mangé trop de miel. Il me parle comme si j'étais en sucre. Il me donne du *Miss* (expression ignoble inventée par un mec qui mériterait d'être écartelé vivant), il utilise le mot « bisous » à la fin des conversations et des textos.

1. Je ne vous conseille pas de faire ça. Quand on cherche des choses intelligentes à dire, on ne sort QUE des conneries. Idioties sur idioties. Je ne comprends d'ailleurs pas comment T. a pu continuer à accorder un quelconque crédit à ce que je racontais.

Sa tendresse m'écœure. Je n'en veux pas. Il peut se les garder ses bisous. Je ne suis pas son *Bisounours*. Je ne suis pas une petite fille de cinq ans. Je ne suis pas en sucre. Je n'aime pas le sucre[1] ! Il faut qu'il arrête très vite de me recouvrir avec ce sirop gluant et poisseux qui me fige ou sinon – ma parole – je vais lui arracher les yeux[2] !

Pour me venger, je décide de l'appeler Robert dans mes mails. Un prénom *old school* qui ne lui va pas du tout. Ou alors « mon petit T. » comme s'il était lui-même un gamin ou mieux encore… je l'appelle Mister T. ! Subtil jeu de mot en référence au personnage de la série *Agence tous risques* avec qui il n'a rien en commun en dehors du « T. ».

Je dois admettre que, de mon côté, il arrive également une chose curieuse à ma voix. Elle devient totalement fausse quand je lui laisse un message sur son portable. Je prends une voix qui se veut à la fois sympa, enthousiaste mais totalement détachée. En gros, je te propose un truc mais si tu n'es pas dispo ou que tu ne me rappelles pas, sache que JE-N'EN-AI-STRICTEMENT-RIEN-A-FOUTRE[3] !

Une calamité…

Tout est WTF sur WTF[4] et ça me rend diiingue !

L'un des trucs que je reproche à l'amour, c'est justement ça : on perd totalement ses moyens et le contrôle

1. J'aime les chips. Les fleurs c'est joli mais c'est périssaaaable et les bonbons c'est peut-être bon mais je n'aime pas ça.

2. Avec les années, le miel dans sa voix va disparaître lentement. On ne parle pas comme à un bébé à une meuf avec qui on vient de se prendre le chou dans un café.

3. Sans parler du fait que chaque coup de fil à T. me demande des heures de préparation psychologique. Je tremble en faisant le numéro et chaque fois j'ai l'impression que… je vais clamser !

4. WTF = *What The Fuck*. Oui, je suis djeuns et bilingue.

de la situation. C'est la sensation la plus désagréable qui soit au monde pour moi.

Ce qui me plaît, en revanche, c'est que l'amour rend créatif. Durant toutes ces années, T. est *ma muse* ! Oui, un homme peut être une muse, parfaitement. Où est le problème ? T. m'inspire. Il me donne plein d'idées dans tous les domaines. Il me donne par exemple envie de chercher des sorties dans des cadres sympas, de lui écrire des cartes postales, de longs mails drôles, mignons et ambigus, de lui faire des dessins[1], de lui offrir des cadeaux symboliques marrants, comme « le chewing-gum qui réalise les vœux[2] ». Je ne me prive pas de donner libre cours à mon imagination – et d'en rire – tout en restant éminemment prudente. Rien ne doit être clairement identifiable comme de la drague et encore moins de l'amour.

***N.B.* :** Tout ceci me prend d'ailleurs beaucoup de temps… La peur n'évite pas le danger et ma crainte s'est réalisée. Un mec – ce mec, là, avec ses yeux verts et ses dents blanches ! – a réussi à mettre le boxon dans ma vie et à mettre en péril mes études. Depuis que je le connais, je n'en fous plus une en cours. Je pense à lui le jour, la nuit, et « même entre les deux » comme dit mon meilleur ami. Le monde peut s'écrouler, cela m'indiffère. En plus, c'est quoi cette vie de nonne que je mène depuis la seconde ? Il est temps que cela cesse. Je me mets à accepter les invitations à sortir, à boire, à faire la fête…

1. Je suis plutôt habile de mes mains. Il faut bien que mon bac littéraire option « arts plastiques » serve de temps en temps.

2. Le mode d'emploi est derrière l'emballage. Il faut mâcher le chewing-gum et faire le vœu en même temps. J'avais besoin de ce chewing-gum plus que lui, mais je me suis sacrifiée.

Les examens ? Quels examens ? Au diable les études[1] ! Tout ce temps consacré au droit auparavant me semble incompréhensible. À quoi me servent ces mentions si elles n'impressionnent pas T. ? Vous pouvez me le dire ?

Avec le recul, je me dis que durant toutes ces années T. a dû me trouver carrément « spé » et se sentir un peu largué. S'il ne m'a pas interrogée sur ce que je ressentais pour lui, il y a une raison. Avec tous les signaux contradictoires que j'envoie, il ne peut pas être sûr à 200 % qu'il me plaît. S'il me pose la question, il prend un risque. Celui de se prendre une veste et de se ridiculiser.

Il n'a pas tort car, à l'époque, j'avais prévu de tout nier en bloc. Ma réaction n'aurait pas été aussi détendue que la sienne aux Tuileries. J'aurais probablement dit quelque chose de très adulte comme : « Hein ? Moi amoureuse de toi ? Nan mais ça va pas ? Tu te crois irrésistible ? Ben, tu te trompes, tu ne l'es pas[2] ! Je ne suis pas une de tes greluches, alors ne raconte pas n'importe quoi, s'il te plaît, merci. Allez ouste, du vent. »

T. ne doit pas savoir que je l'aime, sinon c'est moi qui serais ridicule. Je n'ai pas le droit de l'aimer et encore moins d'espérer la même chose en retour. Ce serait une prétention fantaisiste et il ne pourrait qu'en rire. J'ai déjà perdu 99 % de ma dignité avec cette histoire, je n'irai pas jusqu'à le laisser se moquer de moi.

1. Bon, en fait, j'ai découvert quelque chose de totalement immoral : je peux ne rien faire et bosser les examens à l'arrache, non seulement ça passe mais mes résultats s'améliorent. Immoral, je vous dis.

2. SI TU L'ES ! Irrésistible, et même plus que ça, mais ne compte pas sur moi pour te le dire. Plutôt crever !

Épisode 15

Mais qu'est-ce tu fabriques avec lui ?

Avec T. on fait pas mal de choses. On va voir des expositions[1], on boit des cafés, on va au cinéma et au restaurant.

Pendant qu'on est ensemble, on parle. On commente l'expo ou le film qu'on vient de voir. On se raconte où l'on en est dans nos études, puis le début de notre vie professionnelle[2]. On essaie d'analyser les problèmes et on se donne des conseils. On se soutient. Ce que font tous les amis. Il arrive que l'on reste silencieux aussi. Le silence ne nous gêne pas.

On pense l'un à l'autre et on s'envoie des ondes positives[3] pour les examens importants qu'il nous reste à passer.

1. Les expos, c'est mon idée. Il fallait impérativement que l'on sorte de la routine du café en tête à tête qui ne permet pas aux sujets de conversation de se diversifier spontanément.

2. Surtout la sienne, puisqu'il commence à travailler bien avant moi.

3. Heureusement que T. m'en a envoyé d'ailleurs, sinon je ne sais pas comment je m'en serais sortie vu que je ne travaillais – presque – plus.

On rédige sa lettre de motivation pour trouver du travail. Ce jour-là, il est même venu chez moi. Il était assis sur mon lit, pendant que je tapais la lettre sur mon bureau et que l'on cherchait des synonymes. T. était assis sur mon lit ! Est-ce que vous vous rendez compte ? C'était magique.

On fête les moments importants mais seuls, juste entre nous. On fête la publication de mon premier courrier dans *Le Monde*, sa prestation de serment, mon permis de conduire, son premier contrat de collaboration chez l'avocat le plus respecté de France, ma prestation de serment, etc.

Il arrive parfois que l'on fasse des projets imaginaires dont on sait qu'ils ne se réaliseront jamais : on rêve que l'on va aller aux États-Unis, visiter New York, et qu'ensuite on louera un pick-up pour traverser le pays sur la Route 66. On imagine qu'un jour il me fera visiter sa ville natale, en Normandie, où vivent son père et sa famille. On se dit aussi que l'on va monter notre propre cabinet d'avocats avec son meilleur ami.

Sur différents sujets : les cours, le droit, le travail, la famille, parfois les relations humaines, on échange nos avis. T. me demande fréquemment mon avis. Parfois même sur des trucs vraiment… sans intérêt. Je me souviens qu'un jour, il m'a demandé si j'étais pour ou contre l'organisation des Jeux olympiques à Paris. *Euh… mais qu'est-ce qu'on en a à faire de ce que je pense des JO ! T'as pas des questions plus… personnelles à poser ?*

La seule fois où mon ami C. a eu le droit de choisir le thème du mail de la semaine, il m'a demandé mon avis sur un problème bien plus épineux : une fille et un garçon peuvent-ils vraiment être amis ? Rhooo le piège ! Gros comme une maison. J'avais déjà commencé à y réfléchir mais il a quand même fallu la jouer fine pour éviter le dérapage. Ma réponse en deux parties, deux sous-parties, fut simple : « Oui, mais non, mais oui mais bon… » Vous voyez ? C'est pourtant clair. Je veux dire si par « amitié », il faut entendre une relation idéalement dénuée de toute ambiguïté, dans un contexte hétéro, quand on devient vraiment intime cela me paraît assez illusoire. Le risque zéro n'existe pas. L'ambiguïté est un risque à prendre, on ne peut pas l'exclure d'un revers de main, juste parce qu'on l'a décidé. Elle peut être inexistante, passagère ou durable, préexistante, ou surgir en cours de route, assumée, non-assumée… mais, je ne vois pas pourquoi cela remettrait en cause la réalité ou la valeur de l'amitié qui s'est construite pour autant. Dans la vie les choses évoluent, se transforment ; les relations aussi. On ne peut pas mettre des étiquettes définitives sur les émotions. Les frontières entre les sentiments sont parfois floues et perméables. Heureusement. On a le droit de douter, de s'interroger, ou d'hésiter. À partir du moment où personne ne force personne à rien, il n'y a pas de quoi en faire une tragédie. Ce n'est quand même pas un crime d'avoir de l'attirance ou même de tomber amoureux d'un ami ou d'une amie, bon sang ! C'est même assez naturel et logique, je trouve. C. est d'accord avec moi. Il a adoré ma réponse.

Je perds le fil là, non ? On parlait de T.

Apparemment mon avis compte pour T. et, bien sûr, le sien compte pour moi.

T. trouve que je suis intelligente. T. aime mon cerveau. Ah, ça oui ! Tous les hommes que je connais et avec qui je m'entends bien aiment mon cerveau. Pour eux, je ne suis que ça : un cerveau. Faut pas croire, les hommes *aiment* les femmes intelligentes. En revanche, ils ne sont pas tous prêts à les mettre dans leur lit. Les femmes intelligentes, et spécialement celles qui n'ont pas le bon goût de le cacher, sont dangereuses selon certains. Il pourrait leur venir à l'idée d'avoir des revendications, y compris à la maison. Elles pourraient les concurrencer, voire même les devancer. Pire, elles pourraient être féministes (l'horreur) et politisées (là, on touche le fond !). Ils pourraient être obligés de les traiter (oh, mon Dieu !) sur un pied d'égalité. Ce n'est pas acceptable pour ces hommes-là car l'intelligence, la vraie, la noble, celle qui est *totale* et *objective,* c'est à eux seuls qu'elle appartient.

Heureusement, il ne faut pas généraliser, tous les hommes ne sont pas comme ça. Il y en a qui comprennent l'intérêt qu'il peut y avoir à fricoter avec une femme ouvertement intelligente, voire de partager sa vie avec elle. Ils pensent même qu'à l'occasion, ensemble, ils peuvent réaliser des choses intéressantes et même aller loin. Prenons un exemple parlant : Barack Obama. Sa femme est belle ET intelligente (ce qui est très courant en réalité). Lui pareil. À eux deux, ils forment un couple atomique qui les a menés jusqu'à la Maison Blanche[1].

Les hommes qui pensent que les femmes intelligentes sont dangereuses ont tort. Déjà l'intelligence est comme

1. Quoique... au bout du compte, c'est quand même sa carrière politique à lui qui a été avantagée. Barack n'aurait pas pu devenir Président, si Michelle n'avait pas mis toute son énergie à son service en jouant l'épouse dévouée mais pas trop.

la beauté – dont je dirais même qu'elle peut être une composante –, c'est-à-dire subjective et variée. Il y a plusieurs formes d'intelligence et elles se valent toutes. L'intelligence n'a pas de lien avec le niveau d'études ou de QI. Elle appartient à tout le monde et chacun d'entre nous en a. Me concernant, il est d'autant plus inutile d'en avoir peur que je suis moins intelligente que j'en ai l'air ; donc les mecs flippent de façon démesurée à mon avis. J'ai juste de l'expérience dans certains domaines, je n'analyse pas trop mal les situations et j'aime essayer d'imaginer des solutions[1]. C'est tout.

Avec T., vous l'avez compris, on s'entend vraiment bien. Je suis étonnée qu'il me trouve intelligente parce que je me sens cruche avec lui, mais belle par moments. Je pense qu'il se sent intelligent avec moi, mais un peu moins beau qu'en temps normal. Je ne lui fais aucune remarque concernant son physique de toute façon, les autres lui en parlent bien assez comme ça.

Nos sorties sont géniaaales ! Voir T. est ce qui me rend le plus heureuse au monde. Le seul problème est la façon dont elles se déroulent. Toutes les sorties suivent le même schéma. Elles commencent et finissent toujours de la même manière. Mon amie H. a trouvé la formule pour décrire ce processus : « un ascenseur émotionnel ».

Les semaines qui précèdent, une fois la date et le lieu définitivement fixés, je plane. Je suis dans un état second.

1. Imaginer des solutions, c'est même tout le sens de mon métier.

Je pourrais me jeter du haut de la Tour Eiffel, je pense qu'il ne m'arriverait rien. Le jour du rendez-vous, en arrivant, je suis surexcitée, euphorique bien qu'un peu stressée. Et dire que j'arrive à faire se déplacer ce gars-là, T., rien que pour moi ! Que ce soit lui ou moi qui arrive le premier, dès qu'il me voit, il ouvre de grands yeux étonnés. Il sourit. Il a l'air trop content lui aussi. Presque ébloui. Je me demande bien par quoi. Il ressemble à un gamin de dix ans qui vient de déballer son cadeau de Noël. Il me connaît pourtant, mais on dirait qu'il me voit pour la première fois. On croirait entendre *Love Is in the Air* de John Paul Young en arrière-fond. C'est drôle… J'adore ce moment-là.

L'activité en elle-même se passe bien. Si on visite un musée, on voit des choses intéressantes et après on va toujours boire un café quelque part. S'il y a bien une chose que je ne peux pas nier, c'est que durant ces heures-là T. est entièrement disponible. Il reçoit peu d'appels sur son portable et si c'est le cas, il ne s'empresse pas de répondre. Rien ne le distrait, il n'a pas l'air de s'intéresser au reste du monde et encore moins aux autres filles. Il est *avec moi* et personne d'autre.

Ce n'est qu'à la fin que ça se corse… C'est toujours T. qui décide que la sortie est finie. Il a même inventé un rituel *space.* D'abord il se lève pour aller aux toilettes (ça ne s'invente pas), et quelques minutes après être revenu il dit : « Il va falloir que j'y aille. » Je ne prononce jamais cette phrase, parce que même si la sortie est toujours assez longue, elle ne l'est jamais suffisamment pour moi. Je ne veux pas partir et je ne veux pas qu'il parte. Je veux rester avec lui toute la vie, comme ça.

Quand T. sonne la fin, l'angoisse me prend à la gorge. Je vous rappelle qu'il est avare en coups de fil et qu'il ne répond que rarement aux mails. Je ne sais donc jamais quand je vais le revoir. Nous n'avons aucun ami commun, nous n'avons plus cours ensemble, nous ne sommes pas voisins. L'idée de ne pas le revoir me fait paniquer et je fais exactement ce qu'il ne faut pas faire : j'essaie de lui arracher une promesse, un engagement, n'importe quoi qui m'assure qu'on va se revoir. C'est plus fort que moi. Je propose un truc concret, une date mais T. n'aime pas les promesses. Il me sort sa phrase préférée, celle qui me désespère : « On s'appelle. »

Cette phrase m'attriste infiniment et je n'arrive pas à le cacher. T. sent bien que cette réponse me déçoit et le malaise est palpable. Tout ce qui nous éloigne, tout le malentendu qui existe entre nous se cristallise dans cet échange-là. Au lycée, en seconde, la prof de français Mme D., que j'aimais beaucoup, nous a parlé au sujet du roman *Le Rouge et le Noir* de « l'incommunicabilité des êtres[1] ». J'imagine que c'est ce qui nous arrive à T. et moi à ce moment précis du rendez-vous.

Depuis le départ T. a imposé son propre rythme à nos rencontres. Nous nous voyons peu. En moyenne, tous les trois ou quatre mois[2]. Je l'ai laissé faire par peur de le perdre. Je n'ai pas cherché à accélérer les choses.

1. J'ai aussi enfin compris ce que Mme D. entendait par *cristallisation*. Entre l'étudier et le vivre, il y a un monde ! Je vous l'assure.

2. Ça peut vous paraître fréquent si vous avez plus de 35 ans, mais ça ne l'est pas pour des étudiants sans responsabilités d'une vingtaine d'années.

J'ai respecté autant que je le pouvais ses silences et ses absences de réponses. J'ai fait mon maximum pour ne pas le presser avec mes attentes. Je ne pouvais pas lui en demander plus, nous n'étions que des « amis ». Je n'ai jamais abusé du téléphone ou des SMS. Je n'ai fait qu'envoyer des mails entre deux rendez-vous pour qu'il ne m'oublie pas, ou appeler (plus rarement) chez lui (c'est-à-dire, à l'époque, chez sa mère) quand je commençais vraiment à m'inquiéter. Juste pour savoir s'il allait bien et s'il était vivant[1].

Un jour, pendant une dispute durant laquelle il a eu le toupet d'insinuer que je lui en demandais trop (euh… répondre à un message, c'est trop te demander, mec ?), j'ai été contrainte de lui faire remarquer que je ne le harcelais pas ! Il a été obligé de le reconnaître : « Oui, c'est vrai. » Ah, quand même ! Un peu d'honnêteté intellectuelle !

Je ne demande pas à T. de me dire qu'il m'aime si ce n'est pas le cas. Je ne lui demande pas de me jurer qu'on va se voir tous les jours, je sais que ce n'est pas possible et ce n'est même pas ce que je veux. Je voudrais juste qu'il me dise quelque chose… Je ne saurais pas vous dire quoi. Quelque chose de gentil, de rassurant. Peut-être que je ne suis pas juste une copine comme une autre avec qui il va au musée, que je compte pour lui, un peu.

En fait, il ne m'a jamais dit précisément ce que je représentais pour lui. Une seule fois, plutôt tard dans

1. Je pense tous les jours, 7 jours sur 7 et 24 heures sur 24, à la mort de ceux que j'aime et à la mienne. Ma mère dit que je suis morbide. Vous croyez ?

notre relation, il a écrit dans un mail qu'il serait toujours mon ami. Une phrase inattendue. Un serment qui lui ressemblait peu. J'aurais aimé pouvoir lui faire la même promesse, mais j'ai préféré ne pas lui mentir[1].

Le rythme de croisière décidé par T. explique pourquoi les choses ont pris autant de temps. Nous avancions très lentement. Il explique également la tension qui était la mienne à chacune de nos rencontres. Elles étaient rares, elles se transformaient donc en enjeu déterminant. La moindre phrase, la moindre maladresse prenait une importance démesurée.

J'ai toujours pensé que si nous avions dû nous voir quotidiennement, ou si nous étions restés coincés, ne serait-ce que vingt-quatre heures, dans un ascenseur, après s'être étripés, nous aurions fini par tout déballer beaucoup plus tôt. Malheureusement, aucun de nous n'a fait ce qu'il fallait pour ça. Il faut croire que, bon an mal an, la situation nous arrangeait.

En rentrant chez moi après nos sorties, je suis effondrée. Je n'ai rien dit d'intéressant. Je suis stupide ! Je pleure. Je sais que je vais m'enliser dans une nouvelle phase d'attente avant le prochain rendez-vous. Je ne supporte pas l'attente. Je n'aime pas subir, j'aime agir.

1. Le mot « toujours » me fait peur. « Toujours » ça n'existe pas dans la vie. Je n'irai pas jusqu'à dire comme Laurence Parisot que « tout est précaire, la vie est précaire », mais de fait, l'amitié, l'amour, la vie ont un début, un milieu et une fin. Parfois la fin, c'est la mort. Je vous ai déjà parlé de la mort ?

Épisode 16

L'addiction

T. est une drogue dure.

Ne croyez pas que je n'aie jamais essayé de décrocher.

La décision ferme de ne plus le revoir et de l'oublier, je l'ai prise plus d'une fois. Surtout dans les moments de souffrance intense où j'attendais un coup de fil ou une réponse qui ne venaient pas.

Un jour, j'ai même effacé son contact du répertoire de mon portable, et je ne l'ai jamais enregistré de nouveau. T. est resté un numéro sans nom jusqu'à la fin pour me rappeler qu'il disparaîtrait un jour de ma vie. Voir son prénom s'afficher me faisait, qui plus est, sursauter et répondre trop vite. (Il ne faut pas répondre trop vite quand un mec appelle, il pourrait croire que vous ne vivez que pour lui.) Mais cette manœuvre n'a servi à rien, j'avais appris son numéro par cœur.

La première fois que j'ai pris la résolution d'arrêter les frais, c'était même assez peu de temps après l'avoir rencontré. Cette année-là, j'ai fêté mon anniversaire car c'était l'occasion rêvée d'inviter T. et de mieux le connaître. Plus classique comme idée, tu meurs ! Tout s'annonçait très bien, puisque le jour où je l'ai invité, il a eu l'air agréablement surpris et a immédiatement accepté. Je n'avais aucune raison de m'inquiéter, le plan se déroulait sans accroc.

Le jour de la fête, je l'ai attendu toute la soirée. Jusqu'au dernier moment je me suis dit qu'il allait arriver, puisqu'il m'avait dit oui. Personne ne ferait un truc aussi moche que de ne pas venir à un anniversaire sans en informer l'organisatrice qui fête précisément son anniversaire ! Ben si. T. l'a fait. Il n'est pas venu et ne m'a même pas prévenue. Organiser une soirée pour qu'un mec vienne et finir avec plein de gens surexcités dans son salon, sauf le mec attendu : si ça, ce n'est pas *le seum* ultime, je ne sais pas ce que c'est. À la fin, j'étais tellement déçue que j'ai été obligée d'aller me planquer dans la cuisine pour ne pas pleurer devant le reste de mes potes qui n'étaient pas au courant. Mon ami C. est venu me consoler et me confirmer qu'aux dernières nouvelles, c'était cuit. T. ne viendrait pas.

De retour à l'université, je m'attendais à ce qu'il vienne me voir pour s'excuser. Il n'est pas venu. Quand j'ai compris que ce n'était pas dans ses projets, mon sang n'a fait qu'un tour. J'étais tellement en colère que, je ne sais pas ce qui m'a pris. Je n'ai pas pu me maîtriser. J'ai renié tous mes principes, je n'ai pas réfléchi. Je suis allée lui demander des explications. Si j'avais pu le prendre à part, je l'aurais fait, mais le contexte ne s'y prêtait pas. Il a dû répondre devant tout le monde dans l'amphi. Ce n'était pas beau à voir. Ce qu'il a bredouillé était lamentable :

— J'ai dit à F.[1] de te dire que je ne viendrai pas... Il ne te l'a pas dit ?

— Non, il ne m'a rien dit du tout.

Qu'est-ce que F. venait faire là-dedans ? J'avais invité T. personnellement, il avait répondu à mon invitation personnellement. Qu'est-ce que ça lui coûtait de m'envoyer ne serait-ce qu'un simple texto pour me prévenir ? La coupe était pleine. J'ai pensé : « Ce gars en tient une couche épaisse. Il est trop compliqué pour moi. J'arrête. Je jette l'éponge. » Si j'avais été une fille raisonnable, c'est à ce moment précis que j'aurais dû laisser tomber.

Sauf que... à peine une semaine plus tard, T. m'a arrêtée dans un couloir de la fac. Il fallait qu'il me parle de quelque chose d'important. Je ne voulais plus rien savoir de lui, mais je n'ai pas eu tellement le choix. Il s'est planté devant moi (encore) pour m'empêcher d'avancer. Il m'a annoncé qu'il allait fêter son anniversaire chez lui et qu'il voulait que je vienne.

Fêter son anniversaire ? Plutôt curieux pour quelqu'un qui m'avait assuré deux semaines plus tôt, quand je lui avais parlé du mien, qu'il ne fêtait JAMAIS son anniversaire. D'où sortait cette envie subite d'organiser une soirée ? Si j'étais mégalo, j'aurais dit que c'était une tentative désespérée de réparer sa monumentale boulette. Organiser toute une soirée juste pour m'inviter moi ? Impossible. Ce serait abracadabrant. Qui ferait un truc pareil ?

1. Le F. en question, je ne pouvais pas le blairer. Je l'avais invité uniquement pour faire plaisir à T. qui le prend pour son pote alors que ce type est jaloux de lui à en crever.

Je ne lui ai pas donné de réponse définitive. J'ai dit que j'allais voir. Un peu plus tard dans la journée, ma copine K. m'a demandé ce que je comptais faire.

— Tu vas y aller à son anniversaire ?

— Je ne sais... je ne crois pas.

— Ben tant pis pour toi. Moi j'y vais !

— Quoi ? T'es invitée ?

— Oui.

— Mais pourquoi tu y vas, tu ne l'aimes pas[1] ?

— J'y vais parce qu'il a invité J. et que J. m'intéresse.

Qui était J. ? Depuis quand K. s'intéressait à un mec qui s'appelle J. ? Ils perdaient tous le nord dans cette fac ! *Est-ce que quelqu'un est au courant que l'on est ici pour é-tu-dier* ?

Ok, donc K. allait à l'anniversaire de T. C'était un complot pour me faire craquer. *D'accord, vous avez gagné, j'y vais ! Je pense que c'est une mauvaise idée, mais j'y vais.*

L'idée était effectivement épouvantable. La soirée a été affreuse pour moi. Je n'ai pratiquement pas ouvert la bouche. J'étais pétrifiée. Je ne sais même pas par quoi. Il y avait peu de monde pourtant, sa copine n'était même pas là. J'avais la conviction qu'ils allaient tous s'apercevoir que j'étais amoureuse de T. Pour éviter ça, je ne lui ai pas adressé la parole. On était chez lui et c'était son anniversaire mais je ne lui ai pas parlé. Brillant !

T. m'a torturée en plus, en insistant pour que je sois la première à lui écrire un mot sur sa carte d'anniversaire. Pourquoi moi ? Écrire sous la pression devant tout

1. Ma copine K. ne porte pas T. dans son cœur. C'est peu de le dire...

le monde, un mot qui va être lu par tout le monde, je ne sais pas faire. J'ai écrit un truc tellement con que je préfère oublier.

À cette soirée, une seule fille s'est approchée de moi pour discuter. Elle a terminé en m'informant qu'elle était son ex. *Deux minutes, je vais chercher une corde pour me pendre, je reviens.* Elle a aussi insisté sur le fait que T. était « vraiment quelqu'un de bien ». Merci pour le tuyau. Pourquoi elle vient me dire ça à moi ?

À l'image de cette stupide histoire d'anniversaire, le problème avec la décision de ne plus voir T. était celui-ci : chaque fois que je la prenais de façon solennelle et définitive, il se passait ce truc paranormal… Dans un autre arrondissement de Paris, dans sa chambre peut-être, T. m'entendait la prendre. Un voyant rouge et lumineux devait s'allumer dans sa tête « ALERTE ELISA ». Il décidait de se rappeler à moi. Quelques jours plus tard, je recevais un appel ou un message de sa part et je replongeais de plus belle. Je me suis souvent demandé si quelqu'un ne m'avait pas jeté un sort ou une malédiction pour mettre sur mon chemin ce mec-là. Le seul capable de me griller le cœur et la cervelle !

À la sortie d'un cours, une fois, une copine m'a dit que je devais « exorciser » T. L'exorciser ? Elle a raison ! Ce type m'habite, il souffle le chaud et le froid sur ma vie. Il a pris possession de moi, il n'y a pas d'autre mot. Ça ne peut pas durer ! Mais comment je fais pour l'exorciser ? Qui est compétent ? Est-ce qu'on peut le faire seule chez soi ?

Durant toutes ces années, j'ai eu l'impression d'être liée à T. par un fil invisible mais particulièrement résistant.

Au moment où je prenais la décision de le couper, avant même que je me saisisse des ciseaux, T. tirait d'un coup sec dessus pour me ramener à lui.

Britney a vu juste dans *Toxic*, les mecs comme T. ne devraient pas se balader librement sans porter un avertissement « Attention danger ! ».

Épisode 17

Le sujet tabou

Il y a un sujet dont T. et moi ne parlons jamais : nos vies sentimentales respectives.

Au début, T. a une petite amie, tout le monde le sait, donc naturellement il m'en parle. Elle n'habite pas à Paris, mais en Normandie (tant mieux, les absents ont toujours tort). Son prénom fait saigner mes oreilles. Quand il me parle d'elle, je ne réagis pas – normal, je décède intérieurement –, je ne pose aucune question, ne donne aucun avis, et ne rebondis pas. Je laisse la conversation s'épuiser d'elle-même. Je constate juste que, visiblement, entre eux, ça sent le sapin. Ils sont plus proches de la fin que du début. C'est une question de temps[1]. Elle n'est pas faite pour lui, elle ne le comprend pas.

Très vite, j'ai refusé d'endosser le rôle de la confidente de cœur. Ce serait malhonnête, il y aurait ce qu'on

1. Cette histoire a été finalement plus longue que prévu. Sa petite amie s'est accrochée et moi aussi…

appelle un « conflit d'intérêt[1] ». Accepter qu'il me parle de sa copine ou des filles qui lui tournent autour et qui pourraient l'intéresser, ce serait soit me poignarder moi-même en le poussant par exemple dans les bras d'une autre (je suis maso mais pas à ce point), soit utiliser ces informations pour tenter de le ramener vers moi. Ce n'est pas mieux.

Il paraît qu'en amour, il n'y a aucune règle et que c'est chacun pour soi. Je suis bof-moyen d'accord, dans la vie il y a toujours une règle : l'éthique.

Sans qu'on ait besoin de le verbaliser, T. accepte le deal, puisque plus le temps passe, moins j'entends parler de sa copine, et encore moins d'une autre fille. Petit à petit, elle n'apparaît plus dans la conversation. À aucun moment il ne me dit qu'ils se sont séparés et qu'il est redevenu célibataire. S'il me l'avait dit, je m'en serais souvenue – une info comme celle-là ! J'imagine qu'il fait ce choix pour que je ne pense pas « la voie est libre » et que je me jette sur lui. Je l'ai deviné malgré tout, parce qu'elle avait disparu de la circulation et qu'elle n'était même pas présente à sa prestation de serment. Quelle copine digne de ce nom serait absente à la prestation de serment de son mec ? Il n'y avait que moi et sa famille.

La prestation de serment, j'ai hésité cinq minutes à y assister justement à cause de ça : il va y avoir sa copine. J'ai pensé que je ne devais pas y aller, je n'y

1. Je n'ai fait qu'une seule exception, un jour où T. allait très mal. Je n'ai pas donné mon avis et ne me suis pas mêlée de ce qui ne me regardait pas. Je lui ai juste dit ce qu'il avait besoin d'entendre pour qu'il se sente mieux.

avais pas ma place et je n'avais pas envie de la voir. D'un autre côté, qu'il ait une copine, ce n'était pas nouveau. Et puis, il m'avait invitée, il voulait que je vienne. La présence de sa copine, c'était tant pis… ou tant mieux. Ce serait une douche froide salutaire qui allait me réveiller !

Me concernant, T. ne m'a jamais posé de questions d'ordre sentimental. Il ne m'a jamais demandé si j'avais un garçon en vue. Il ne m'a pas non plus demandé quel était mon type d'homme, ni si j'avais déjà eu un petit ami. Mieux encore, la seule fois où j'ai eu le malheur de parler au restaurant d'un ancien chargé de TD, que je venais de recroiser, « trop sympa et trop mignon, un mec vraiment top, avec qui j'avais bu un café une fois et qui… ». Il m'a stoppé direct : « Arrête. Je vais commencer à être jaloux. » Pardon ? Ai-je bien entendu ? Il a terminé sa phrase avec un sourire en coin (genre c'est une blague), mais dans ses yeux j'ai vu qu'il n'avait pas tellement l'air de rigoler. Comme d'habitude, je n'ai rien dit. Au lieu de creuser l'affaire, je me suis justifiée bêtement – il a semblé immédiatement satisfait – et je suis passée au sujet suivant. J'ai obéi. Intérieurement, j'étais interloquée : « C'est quoi ça ?! C'est nouveau, ça vient de sortir ? Môssieur est jaloux maintenant ? Mais qu'est-ce qu'il ne faut pas entendre ! »

Nouveau résumé de la merde dans laquelle nous sommes : on est soi-disant juste « amis », il ne veut pas qu'on sorte ensemble (sinon il me l'aurait dit), MAIS il doit rester le centre du monde et de ma vie. Je n'ai pas la permission de flirter (ce n'était même pas le cas en l'occurrence[1]) avec quelqu'un d'autre. Il a vu écrit ça où ? C'est quoi cette arnaque ? Un nouveau jeu ?

L'une de mes amies, L., a analysé la situation : « En fait, c'est comme si tu avais un copain, avec tous les inconvénients (prises de tête, disputes et jalousie) mais sans AUCUN des avantages. » *Bien vu ! Merci d'être venue L., tu reviendras en deuxième semaine.*

Il faut remarquer aussi que, quand on sort, il arrive que certaines personnes pensent que l'on est un couple, ou du moins se posent la question. J'ai l'impression qu'elles nous trouvent mignons.

Un jour, un chauffeur de taxi est très explicite. Il nous appelle « les amoureux ». J'attends que T. corrige et rétablisse la vérité, mais il ne dit rien. Peut-être pour ne pas me blesser ou parce que l'idée ne le dérange pas tant que ça finalement si ce n'est qu'une *idée*... Comme il ne dit rien, moi non plus. Nous avons menti par omission et une fois seule dans le taxi, je me retrouve à devoir répondre à l'interrogatoire du chauffeur :

— Vous vous êtes rencontrés où ?

— À la fac de droit.

Original, je sais.

— Vous êtes fiancés ?

— Euh... oui[2].

Je trouve que l'on va un peu vite en besogne d'ailleurs. Il faudrait qu'on en parle avec T. je n'en demandais pas tant.

1. Bon, d'accord, si c'était le cas mais... pas ce jour-là. J'avais fait les yeux doux au chargé de TD, je le confesse, mais c'était pour rigoler, trois ou quatre ans auparavant. Je ne connaissais pas T. J'ignorais tout de son existence, ça ne compte pas !

2. Le « oui » est tout petit parce que j'ai franchement hésité dans ma réponse.

Il n'aurait pas dû se ruiner comme ça avec cette bague. Un bretzel aurait suffi.

— Vous allez vous marier ?

Il en pose des questions celui-là, ça va durer longtemps ?

— Peut-être…

Nan, mais là carrément, ça devient stressant. Ce n'est pas du tout l'objectif avec T. On est trop jeunes. Il faut qu'on finisse nos études. Je ne sais plus trop ce que je pense du mariage depuis qu'on a étudié le divorce en cours, et nous n'avons pas encore évoqué le sujet épineux des enfants.

Le verdict tombe, il conclut :

— Vous avez l'air vraiment amoureux.

Je m'étouffe de rire. À ce stade, je n'ai pas le cœur de lui dire la vérité : *Si vous saviez monsieur, il n'y a qu'une seule personne amoureuse dans l'histoire. C'est moi.*

D'autres personnes de mon entourage admettent que quand on est ensemble, il se passe un truc inexplicable. Ils n'arrivent pas trop à définir ce que c'est. Par exemple, mon amie H., qui était avec moi le jour où je l'ai croisé par hasard dans la rue, l'a constaté : « On aurait dit que vous étiez tout seuls. » C'est vrai que T. l'a à peine regardée. Le temps de la discussion, elle avait comme disparu[1].

Même mon père a eu un choc le jour de la prestation de serment[2]. À la sortie de la première chambre de la Cour d'appel, c'est vers moi que T. est venu directement, avant même d'embrasser sa famille. « Tu te rends compte qu'il a écarté sa mère et sa grand-mère juste pour te dire

1. Alors qu'elle était à 50 centimètres.

2. Mon père était présent parce que sans lui je n'aurais pas pu y assister. Il y a des marches partout à la première chambre de la Cour d'appel de Paris.

bonjour », a dit mon père. Manifestement, il n'est pas de ceux qui trouvent normal qu'un homme comme T. puisse m'apprécier autant.

Pour moi, tous ces détails ne valent rien. On est des amis un peu louches, je vous l'accorde, mais pas plus que Mulder et Scully. Il y a un truc pas net mais ce n'est pas grand-chose. Ça arrive entre amis, et ça m'arrive souvent avec mes potes. Avec le temps, il y en a qui finissent par devenir un peu jaloux et possessifs, comme mon meilleur ami C., mais ça ne veut strictement rien dire. C. n'est pas amoureux de moi. S'il l'était, il m'en parlerait, c'est certain.

Si je plaisais à T., pareil, il ferait quelque chose. Il me le dirait. Ce n'est pas comme s'il manquait d'expérience avec les filles. Il sait exactement ce qu'il a à faire, aussi timide soit-il. Il m'aime bien parce que je flatte son égo, rien de plus.

Épisode 18

Les bienfaits de mon autothérapie

Depuis que je fréquente T., des gens que je ne connais pas, qui ne savent rien de lui, me posent des questions sur ma vie sentimentale. Je suis étonnée car on ne m'a jamais posé autant de questions à ce sujet qu'à cette période-là.

En soirée, dans la rue parfois, les taxis, un peu partout où je vais, les gens veulent savoir si j'ai un copain. Certains me demandent même si je peux avoir des enfants, des relations sexuelles, si j'ai déjà couché avec quelqu'un. Devoir répondre à des questions indiscrètes et satisfaire la curiosité malsaine de parfaits inconnus, c'est ça aussi le bonheur d'être une personne handicapée.

Je réponds honnêtement, comme je peux[1]. S'agissant des deux premiers points, il semblerait que rien ne soit

1. Je ne sais pas pourquoi, je me sens toujours obligée de répondre et de faire un minimum de pédagogie, alors que je ne suis pas du tout tenue de le faire.

contre-indiqué. Un grand philosophe nommé George Michael a dit un jour : « *Sex is natural. Sex is good*[1]. » Il est rarement déconseillé quel que soit l'état de santé.

À ceux qui, parmi les gens de mon âge, insistent, je dis même la vérité : « Je suis amoureuse de quelqu'un mais il ne m'aime pas et c'est une histoire assez nulle, qui ne vaut pas la peine d'être racontée. » Un jour à une fête, un mec me répond : « Si ça concerne deux personnes, ce n'est jamais nul. » J'ai retenu cette phrase qui, pour une fois, ne dénigrait pas ce que je vivais. Elle était belle, elle m'a marquée.

Je trouve étrange que l'on me questionne sur ma vie sentimentale subitement alors qu'elle n'a jamais intéressé personne auparavant.

Tout d'un coup, je crois comprendre. Les gens m'interrogent car depuis quelque temps, je dégage quelque chose de différent. Je suis en train de changer. Les gens, même de parfaits inconnus, imaginent que je dois avoir un copain, puisque moi-même je commence à l'envisager, ce qui n'était pas *réellement* le cas avant. Quand je leur dis que je n'ai personne dans ma vie, ils ont même l'air un peu déçus, comme si ça n'était pas aussi logique que ça que je sois encore célibataire[2]. Leur attitude me surprend beaucoup parce que j'ai longtemps été persuadée que toutes les personnes valides considéraient le célibat des personnes handicapées (et surtout le mien) comme naturel et même comme une nécessité.

1. Dans l'œuvre bien connue *I Want Your Sex*.

2. Passé vingt ans, une femme célibataire qui *peut* avoir un copain mais qui n'en a pas, c'est mauvais. Rien ne va quel que soit votre état civil quand vous êtes une femme.

Les gens me disent aussi plus souvent que d'habitude que je suis belle, que j'ai de beaux yeux. Là encore, je ne saisis pas. Pourquoi, quasiment du jour au lendemain, je serais devenue plus « belle » ? Je n'ai rien changé à mon maquillage, je soigne un peu plus ma tenue mais rien de spectaculaire non plus. D'accord, je me force à mettre des soutiens-gorge[1], mais ils ne le savent pas. Ça ne peut pas être ça. Je suis la même, ils perdent la tête ou bien… je suis en train de devenir belle. Pourquoi ? Comment ? Par quel miracle ? C'est simple. Les gens deviennent beaux quand ils se sentent beaux.

Il est vrai que depuis quelque temps, je me vois différemment. Grâce au grand nettoyage intérieur en cours, visant à me débarrasser des préjugés validistes, je change de perspective sur moi-même. Je commence à me regarder en entier dans les grands miroirs. Finalement, rien n'est aussi affreux que ce que j'imaginais. Si au lieu de me concentrer, comme avant, sur ce qui me sépare des femmes valides, je me concentre sur ce qui me rapproche d'elles, la liste des points communs est bien plus longue que celle de nos différences. J'ai découvert par exemple que, comme beaucoup d'entre elles, j'ai des seins. Et… ma foi, ils sont pas mal du tout ! Je dis ça, je dis rien.

Quant au reste, comme mes cicatrices par exemple, je ne vois plus pourquoi je devrais en avoir honte ou haïr ce qui fait partie de moi, sous prétexte que certains ont arbitrairement décidé qu'il s'agissait d'imperfections intolérables.

1. Il s'agit d'un test pour voir si ça modifie quelque chose avec T. Les femmes doivent porter des soutiens-gorge paraît-il…

Désormais, dans le miroir, je me vois vraiment. Je me vois à travers mes propres yeux, plus à travers ceux des autres. Je fais abstraction de ce qu'ils pensent, ou de ce que j'imagine qu'ils pensent de mon physique.

Dans le miroir, je vois une jeune femme, qui sait se mettre en valeur et a de plus en plus confiance en elle. Il m'aura fallu du temps pour le penser et m'autoriser à le dire mais, vous savez quoi ? En fait… je me trouve belle. *Bootylicious* comme le chantent les Destiny's Child.

Épisode 19

Les disputes

Cette amitié avec T. n'a pas été de tout repos, on s'est pas mal disputés.

Nous avons eu des micro-embrouilles à base de reproches mutuels – je lui reprochais son comportement inconstant, il me reprochait ma prétendue exigence envers lui – et surtout deux grosses disputes. Elles se sont déroulées à quelque chose comme un an et demi d'intervalle. La première a été une surprise, la seconde une déflagration.

Round 1 : Le café

Ce samedi-là, T. m'accompagne sur le tournage du pilote d'une émission de télé.

Quelqu'un[1] m'a proposé de faire un essai en tant que chroniqueuse dans le pilote d'une émission qu'il comptait

1. Je ne peux pas vous dire qui. J'ai fait promettre à cette personne de ne pas diffuser les images dans un autre contexte que celui prévu. Je pense qu'il n'a pas gardé un très bon souvenir de moi et du papier que je lui ai fait signer...

proposer à une chaîne de télé. À la base, je ne voulais pas tourner ce pilote. J'étais passée à la télé l'année précédente pour défendre des idées qui me semblaient importantes, pas pour « faire de la télé ». Être chroniqueuse dans une émission ne m'intéresse pas vraiment. Il aurait mieux valu proposer ça à un(e) vrai(e) journaliste handicapé(e) qui veut vivre de ce métier. Il doit forcément y en avoir. En ce qui me concerne, je ne suis pas journaliste, je voudrais devenir avocate, et j'y suis presque.

Quand j'ai parlé de cette proposition à T., il m'a dit que c'était dommage de ne pas tourner l'essai. Il a avancé des tas d'arguments moyennement convaincants. Puis il a promis qu'il viendrait avec moi le jour du tournage, et c'est à ce moment-là que j'ai changé d'avis. Si l'expérience me permettait de passer un après-midi avec T., évidemment que j'étais d'accord ! J'ai tout de même précisé au producteur que, même s'il vendait son émission avec ce test, je ne continuerais pas.

Durant le tournage, au sujet duquel je n'ai rien à dire de spécial, T. trouve que je suis géniale, alors que je suis franchement à chier. Tout de suite après, nous allons boire un café et je ne sais plus ni pourquoi, ni comment T. commence à me reprocher de l'avoir *obligé* à m'accompagner alors qu'il est très occupé. Avec son stage au cabinet, il n'a plus une minute à lui et, à cause de moi, il n'a pas pu aller chez le coiffeur – ouais, vous avez bien lu, T. n'a pas pu aller chez le coiffeur par ma faute ! Je lui rappelle que c'est lui qui s'était engagé à venir avec moi, mais il continue son sketch.

Au moment où je me demande si la conversation n'est pas en train de déraper irrémédiablement, T. dit : « Ne t'inquiète pas, tu ne me perdras pas. » Qu'est-ce que c'est que cette réplique ? Pourquoi prendre la peine de me rassurer comme ça ? Je ne sais pas. Quoi qu'il en soit, cette précision est la bienvenue. Puisque T. indique lui-même que tout ceci sera sans incidence, je prends la liberté de mettre un terme à cet échange absurde. Je finis par déclarer que puisqu'il est si pressé et a plein de choses à faire, il n'a qu'à partir. Je ne le retiens pas. Le dialogue ressemble à peu près à ça :

— D'accord, mais je te raccompagne au taxi d'abord.

— Non, ce n'est pas la peine. Je reste ici. Tu peux y aller.

— Je ne vais pas te laisser toute seule ICI[1] !

— Si tu peux me laisser ! Je ne risque rien[2]. Je suis très bien ici. Tu peux t'en aller.

— Mais non !

— Si ! VA-T'EN !

T. a beaucoup hésité, mais il a fini par prendre ses affaires et partir. Les gens autour ont dû penser qu'on était mariés depuis au moins trois ans. On aurait dit une dispute de mes parents…

Quand il est parti, je me suis retrouvée dans la merde, évidemment ! J'étais toute seule à cette terrasse de café et, en réalité, je n'avais aucun moyen de rentrer chez moi[3]. J'avais prétendu le contraire pour qu'il parte. L'orgueil, vous en avez déjà entendu parler ? J'en ai à revendre. Je voulais aussi qu'il comprenne que je ne dépends pas

1. Cette phrase, c'est mon père tout craché !

2. Il fait jour et il y a plein de monde autour de moi. Je ne vois franchement pas ce qui pourrait m'arriver.

3. Je n'avais pas le permis à cette époque et les bus n'avaient pas de rampes.

physiquement de lui. S'il le faut, je peux me débrouiller seule. Je trouverai toujours de l'aide auprès de quelqu'un d'autre, je m'en sortirai quoi qu'il advienne.

Je ne pouvais pas appeler mon père pour qu'il vienne me chercher parce qu'il savait que j'étais avec T. Si je lui avais expliqué la situation[1], il y aurait eu un risque qu'il veuille tuer T. Le châtiment me paraissait un peu excessif. T. a été chiant mais il ne mérite pas la mort pour autant.

J'ai appelé N., l'amie qui habitait le plus près. J'ai eu de la chance, elle était disponible et elle a immédiatement débarqué avec son copain. Quand je leur ai expliqué ce qui s'était passé, ils n'ont rien capté. Moi non plus.

Le lundi suivant, je reçois un étrange coup de fil. Une fille qui fait son stage dans le même cabinet que T. et qui est avec moi à l'école du Barreau m'appelle. Bizarre… Même si on se connaît, ce n'est pas une amie proche et elle m'appelle rarement. Au cours de la conversation, je comprends rapidement que son appel a deux objectifs :

1/ Savoir comment je vais.

2/ Me dire du bien de T.

À la première question, je réponds que je vais TRÈS bien. Je ne vois pas en quoi ce qui s'est passé ce week-end la regarde. Et je ne rebondis pas sur ses commentaires à propos de T. Elle me dit qu'il est vraiment adorable et que c'est un mec bien[2]. Je confirme. Je sais déjà tout ça.

1. Mon père veut toujours tout savoir sur tout et j'aurais eu droit à un interrogatoire.

2. Tous ces gens qui viennent me dire que T. est un mec bien ou pas. De quoi vous vous mêlez ? Quel est votre problème ? Pourquoi vous faites tous/toutes ça ? J'ai l'air de ne pas être capable de me faire un avis par moi-même ? Sans rire.

Elle a l'air un peu déçue par mes réponses et la discussion se termine rapidement.

Je ne sais pas qui a eu l'idée de cet appel mais je l'ai trouvé idiot et puéril. Si T. veut savoir si je suis rentrée en un seul morceau, il peut prendre son téléphone et ses petits doigts pour m'appeler. Nous ne sommes plus au collège. Je ne parle pas aux intermédiaires.

Cette première dispute a été le signe avant-coureur du coup de tonnerre qui a suivi et qui m'a littéralement carbonisée, mais je ne l'ai pas interprétée comme ça sur le moment. Pourtant, mon meilleur ami C. m'avait prévenue : « Il va recommencer. » Je n'ai pas voulu le croire.

Le dénouement de cette prise de bec au café m'avait semblé équilibré. Il n'y avait pas eu de perdant, chacun avait dit ce qu'il avait à dire.

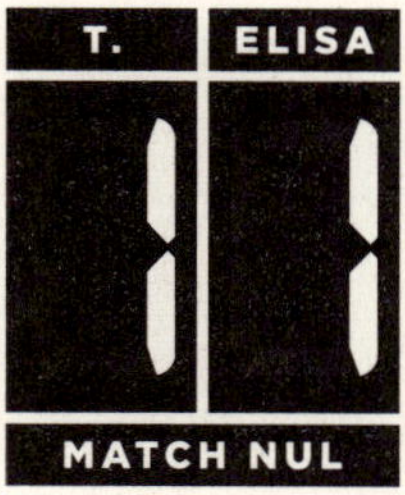

Round 2 : Le restaurant

Un soir, T. m'invite à visiter son premier appartement. Il vient d'emménager. Drôle de hasard, son studio se trouve dans la même rue que mon ancienne école primaire : l'établissement spécialisé où j'étais scolarisée quand M. m'a frappée.

L'appartement est chouette. T. le trouve petit mais il n'est pas mal du tout. Il y a un ascenseur et même une baignoire[1] !

Après la visite nous allons dîner à quelques pas, sur la place de la mairie.

En entrant dans le restaurant, je sens tout de suite l'hostilité du serveur qui nous accueille. Il sous-entend que mon fauteuil est encombrant, qu'il représente une gêne et qu'il ne sait pas où nous placer. Un propos très courant dans les bars et les restaurants qui fait partie des petites agressions quotidiennes que subissent la plupart des personnes handicapées.

Quand nous sommes enfin installés, le serveur revient vers nous pour prendre la commande. Je ne me rappelle plus précisément ce que je lui ai dit. J'ai dû m'adresser à lui sèchement. Il me regardait avec condescendance depuis le début. Il m'humiliait devant T. Je n'avais aucune raison d'être agréable avec lui.

Aussitôt après le départ du serveur, T. me regarde sévèrement et dit :

— Tu as vu comment tu viens de parler au serveur ?

…

— Tu te rends compte de la façon dont tu parles aux gens ?

…

— Tu es tellement hautaine et méprisante !

…

— Et le pire c'est que tu ne t'en rends même pas compte.

1. C'est génial une baignoire. On peut faire plein de choses dans une baignoire…

Qu'est-ce qu'il raconte ? Qu'est-ce qui lui prend ? Il a trop bu ou quoi[1] ? De quoi il parle ? Je suis sidérée par ce que j'entends.

T. ne crie pas. Il parle normalement mais chaque mot qu'il prononce me fait l'effet d'un coup de poignard. Ses yeux ont subitement changé. En quelques secondes, ils se sont remplis d'une colère froide. Pour la première fois, je dois me rendre à l'évidence, cette colère est dirigée contre moi.

Je cherche ce que j'ai pu dire ou faire pour mériter une telle fureur, je ne trouve pas. Je suis mortifiée.

— Tu ne réponds pas ?

Répondre à quoi ? Quand je n'ai rien de gentil, de drôle ou d'intéressant à dire, je préfère me taire[2]. Que veut-il que je lui dise ? Que je lui explique que c'est le serveur qui me méprise et non l'inverse ? De toute évidence, il n'a rien perçu de tel et je passerais pour une parano en plus du reste.

Qu'est-ce qu'il attend de moi ? Que je me défende ? De quoi ? La sentence a déjà été rendue. Je suis bonne pour le bûcher. T. ne m'a posé aucune question, il vient d'affirmer que je suis infecte. Il n'y a rien à opposer à ça, si c'est ce qu'il pense de moi. Il veut que je m'en prenne à lui, comme il vient de le faire avec moi ? Que je lui balance des horreurs ? Que le repas se transforme en affrontement ? Il n'en est pas question. Faire du mal à T. ne m'intéresse pas. Je ne veux pas me battre avec lui.

1. S'il a l'alcool violent, il fait bien de s'abstenir.

2. J'en connais beaucoup qui seraient bien inspirés d'en faire autant.

J'ai la tête qui tourne, j'essaie péniblement de retrouver mes esprits. Tout ce que je retiens de ce que je viens d'entendre, c'est que T. me déteste. J'ai fait tout ce qui était en mon pouvoir pour ne pas lui déplaire ; mes efforts n'auront servi à rien. Je suis un monstre à ses yeux. Un monstre de la pire espèce. De ceux qui n'ont pas la circonstance atténuante de pouvoir se dire qu'ils ont un bon fond. Voilà le fin mot de l'histoire : T. me hait et je lui fais honte. Rien ne pouvait me blesser davantage. Ce qui l'insupporte est précisément ce que je considérais comme mon principal atout. La seule chose dont je tire une certaine assurance : ma personnalité.

Je n'ai pas le temps de me ressaisir, il s'acharne :

— C'est ça le problème avec toi. On ne peut même pas te parler. Tu te refermes comme une huître.

Pourquoi il continue ? Pourquoi il remue le couteau dans la plaie ? Il y a déjà du sang partout, sur moi, sur la table, sur ses mains. Partout. J'ai les larmes aux yeux. Qu'est-ce qu'il veut à la fin ? Que je pleure ? C'est ça ? Il veut voir si j'ai des larmes ? Oui, comme lui, j'ai des larmes ! Mais elles ne sont pas pour ceux qui veulent les voir. Je ne pleurerai pas !

T. poursuit sur un ton narquois :

— Tu ne dis rien ?

…

— Tu as perdu ta langue ?

Je ne dis rien, c'est vrai. Je n'ai plus la force de parler. Cela va faire plusieurs minutes maintenant. Le silence devient de plus en plus lourd. T. est hors de lui. Il me fait peur. Je ne l'avais jamais vu comme ça. Je ne reconnais plus son visage. Il est devenu laid. Tout ceci ne peut pas durer plus longtemps. Il faut que ça s'arrête. Je ne veux pas connaître la suite. Je ne sais pas quoi dire, mais je dois trouver quelque chose. Je cherche désespérément. Je finis par lâcher la seule chose qui me vient à l'esprit, la vérité :

— Je réfléchis.

En entendant ça, T. manque de s'étouffer et ne peut pas s'empêcher de rire. Pourtant, ça n'avait rien d'amusant. Cette fois, ce n'était pas une blague. Je conçois cependant que ma phrase ait pu lui sembler drôle. Il s'attendait à tout sauf à cette réponse-là.

Je n'ai qu'une envie, prendre mes affaires et partir mais je ne peux pas. À l'entrée du restaurant il y a une marche. Je suis coincée. Du moins, c'est l'impression que j'ai. Je dois supporter cette soirée cauchemardesque jusqu'au bout. Je regarde T. manger. Il met des siècles à finir son assiette. Comment peut-il encore avoir faim après ce qu'il vient de me dire ? J'ai l'impression que c'est mon cœur qu'il est en train de mâcher et d'avaler lentement, une bouchée après l'autre.

La suite est floue. T. finit par abandonner et changer de sujet. Ce dont nous parlons n'a plus aucune espèce d'importance. Je veux rentrer chez moi.

La fin du dîner approche, les yeux de T. ont encore changé. Ils ont l'air inquiets. Ils essaient d'évaluer la situation. Cette fois, il est allé trop loin. Nous avons atteint le point de non-retour, rien ne sera plus comme avant. Il le sait. Il pourrait s'excuser, mais il ne le fera pas. Il s'excuse rarement de façon spontanée, sauf quand il se trompe de touche à la machine à café.

Nous sommes finalement dehors, à la recherche d'un taxi. Je pense à appeler mon père[1] pour lui dire de venir me chercher d'urgence sans poser de question, mais je renonce. Si j'oblige mon père à se déplacer en pleine soirée, je risque de le mettre en colère aussi. Il voudra des explications. Je n'ai pas envie de lui raconter ce qui vient de se passer. À l'âge que j'ai, j'ai le droit d'avoir une vie privée.

Si je pouvais, je demanderais à T. de partir et de me laisser là. Problème, les circonstances n'ont rien de comparable avec celles de la dernière fois. Il fait nuit, il fait froid et je me retrouverais seule dans un quartier que je ne connais pas. Que je le veuille ou non, je vais être obligée d'accepter son aide pour prendre le taxi et pouvoir, enfin, rentrer chez moi.

Le taxi est là. Deux minutes supplémentaires abominables pour permettre à T. de faire ce qu'il fait toujours : me porter pour me déposer sur la banquette arrière et mettre mon fauteuil dans le coffre. Seule différence notable, tous ses gestes d'habitude si assurés me semblent soudainement fébriles.

Avant de refermer la portière, je croise son regard une dernière fois. Je jurerais qu'il a autant envie de pleurer que moi. Il voudrait peut-être me dire quelque chose, ou m'entendre dire quelque chose de rassurant, mais aucun de nous ne dit rien.

Je veux qu'il ferme cette foutue portière au plus vite et ne plus JAMAIS le revoir.

1. Réflexe de petite fille à la con : appeler papa quand on a un problème.

J'aurais aimé pouvoir attendre d'être rentrée pour pleurer. J'ai essayé, mais je n'ai pas pu. Dès que le taxi a démarré, les larmes ont coulé. Le chauffeur a fini par s'en rendre compte. Il a paniqué, le pauvre, en imaginant que c'était parce qu'il s'était trompé de rue.

Heureusement, quand je suis arrivée chez moi mes parents dormaient. Ils n'ont pas pu me voir m'effondrer.

Pourquoi est-ce qu'il a fait ça ? Pourquoi avoir attendu tout ce temps pour me dire qu'en définitive, je ne suis qu'une connasse ? Si c'est ce qu'il pense, pourquoi est-ce qu'il continue à me voir ? Pourquoi tout saccager précisément maintenant ? Je me trompe peut-être mais il est apparemment redevenu célibataire. Il a obtenu son contrat au cabinet et il devient indépendant avec son premier appartement. Toutes les conditions sont finalement réunies, s'il le voulait, pour que nous puissions nous voir plus souvent. Pourquoi maintenant ?

Hautaine, méprisante ? Ce n'est pas plutôt de lui-même qu'il parlait ? On ne peut rien me dire, mais me dire quoi ? Qu'est-ce qu'il a essayé de me dire qu'il n'a pas pu ? Est-ce que son attitude a un rapport avec ce qu'il m'a dit juste avant ? Juste avant il m'a raconté que sa mère était amoureuse. Elle passe sa vie à envoyer des textos à son nouvel ami et elle est passée à côté de son déménagement. T. a dit qu'il était content pour elle, mais j'ai bien vu qu'il était contrarié. Sa mère n'est pas prostrée dans un coin à pleurer son départ comme il l'imaginait. Mais s'il en veut à sa mère, pourquoi c'est moi qui prends ?

Comment en est-on arrivés là ? Pourquoi tout est devenu si lugubre ? Où est passé le soleil ? Qu'est-ce qui a laissé croire à T. qu'il pouvait me jeter au visage toute sa rage et ses frustrations ? Comment j'ai pu me laisser faire ? Pourquoi je n'ai rien dit ? Je m'en veux tellement. Pourquoi n'ai-je pas été capable de réagir et de l'arrêter simplement ?

T. a le droit de penser ce qu'il veut de moi. Il a le droit de me critiquer – après tout, à moi aussi il m'est arrivé de lui faire des reproches, et probablement de me montrer sévère, rude et maladroite – mais il n'a pas le droit de me parler sur ce ton. Je ne me suis jamais permis de l'accabler comme ça.

T. n'a pas le droit de se défouler sur moi parce qu'il va mal. Je ne suis pas sa mère. Je ne suis pas sa petite amie non plus – ou alors j'ai loupé un épisode de mon propre feuilleton et pas des moindres – et quand bien même, je serais sa petite amie, j'ose espérer qu'il ne me traiterait pas de cette façon, parce que si c'est le cas, je ne suis plus intéressée par le poste.

Le réveil est pénible. La nuit a été courte. En me levant, j'ai mal partout. À croire qu'un camion m'a roulé dessus. Je suis livide. Je tremble. Ma mère comprend tout de suite que quelque chose ne va pas.

J'ai la nausée. Il faut que je vomisse.

J'ai tout vomi. Tout ce qui s'était passé, tout ce qu'il m'avait dit, mon inertie aussi. J'ai vomi T. Je me suis vomie. Je nous ai vomis. J'ai maudit le jour où nous nous sommes rencontrés.

Ensuite, il a fallu que je revienne à moi et que je me rende à un examen médical. Passer une radio, me déshabiller, faire bonne figure devant tout le monde, alors que je suis en miettes et que je hais les examens médicaux.

Pendant que le radiologue faisait son travail, je me suis demandé si avec les rayons X il pourrait voir les débris à l'intérieur. Il n'a rien décelé de particulier. Tout était aussi *anormal* que d'habitude.

Dans l'après-midi, mon amie H. débarque chez moi en urgence. À cette époque nous sommes toutes les deux stagiaires dans le même cabinet. Nous passons nos journées ensemble, au travail comme à l'extérieur. Je lui explique ce qui s'est passé. Elle essaie de comprendre, de ramasser les morceaux, ce jour-là et tous ceux qui ont suivi, durant des mois… De longs mois durant lesquels je n'ai pas revu T.

Avec H. nous réexaminons tout. Nous analysons chaque phrase, toute la scène du début jusqu'à la fin. Dans l'ordre et dans le désordre pour essayer de comprendre, en vain. Ce coup de semonce n'avait aucun sens.

Durant ces mois de réflexion, vous allez rire, une idée saugrenue m'est venue à l'esprit : et si toute cette haine que j'ai vue dans ses yeux, en fait, c'était de l'amour ? On ne déteste pas les gens qui nous laissent indifférents. On ne s'acharne pas comme ça sur une « amie » qu'on voit tous les trente-six du mois. Et si son problème, c'était qu'il ressent quelque chose de plus pour moi ? Et s'il avait fait tout ce cirque pour m'éloigner et se persuader du contraire ?

Il est en effet bien plus simple pour lui de se dire qu'il ne veut pas de moi parce que j'ai une personnalité pourrie, que d'admettre qu'il ne veut pas de moi parce que je suis handicapée. Ce serait reconnaître que mon handicap est le seul obstacle entre nous, l'élément qui le déroute, ne cadre pas avec ses attentes et lui fait perdre tous ses repères. Si c'est le cas, j'aurais préféré qu'il me le dise, qu'il ait l'honnêteté de m'expliquer qu'il avait la trouille. J'aurais pu le comprendre. J'ai peur aussi. À deux, on aurait pu décider qu'on avait trop peur pour y arriver, ou l'un d'entre nous aurait pu essayer de rassurer l'autre. Pour admettre qu'il avait peur, encore aurait-il fallu qu'il en ait conscience... T. n'a peut-être même pas conscience de ce qu'il veut ou de ce qui l'effraie ! Un peu tirée par les cheveux cette interprétation, je vous l'accorde. C'est juste une idée saugrenue qui me permet à ce moment-là de ne pas sombrer.

S'agissant de ma personnalité, il y a un point sur lequel T. n'a pas complètement tort. En dehors du fait qu'évidemment, comme tout le monde, je peux être très désagréable avec les gens que je n'aime pas, une chose est sûre : je ne suis pas la fille douce, obéissante, calme et aimable en toute circonstance qu'il aimerait avoir en face de lui. Je ne suis pas l'une de ces fameuses princesses en détresse.

T. pense peut-être qu'il lui faut une fille fragile, qui pleure, qui dit qu'elle a besoin de lui. Avec une fille comme ça, il saurait exactement quoi faire : prendre les commandes, se montrer fort, être rassurant. Les rares moments durant notre amitié où j'ai montré des signes de faiblesse, c'est d'ailleurs ce qu'il a fait. Être rassurant, T. sait faire... ponctuellement, bien qu'il soit vite à court d'arguments. Une fois, me voyant crouler sous les difficultés pour trouver un stage, il a dit, embêté : « Je ne sais plus quoi te dire. » Il n'y avait rien à dire de particulier. Je savais qu'il était de mon côté. Cela me suffisait amplement.

Je ne suis pas la fille qu'il lui faut, c'est certain. Je n'ai pas besoin d'une épaule pour pleurer, d'un soutien psychologique, d'un auxiliaire de vie ou d'un père de substitution pour m'engueuler et m'apprendre les bonnes manières. Je veux un homme qui soit mon égal, qui tienne à moi, me respecte et me soutienne.

Qui plus est, cette forte personnalité qui semble tant déranger T., je ne compte pas y renoncer. Je lui dois tout. Elle m'a sauvé la vie. Elle m'a permis de résister à tous ceux qui ont essayé de m'écraser jusqu'ici. J'ai mis du temps à me convaincre qu'elle ne faisait pas de moi une mauvaise personne, ce n'est pas lui qui va me persuader du contraire.

***

Aux Tuileries, T. ne m'a pas brisé le cœur. Je l'avais déjà rafistolé avec de la colle et beaucoup de Scotch, et il tenait plutôt bien. T. n'a fait que répondre à une question simple et dissiper les derniers doutes que je pouvais avoir.

C'est au cours de cette abominable soirée au restaurant que j'ai le plus souffert, en réalisant brutalement que la situation était inextricable et sans issue.

Quoi que je fasse, je ne suis pas, je ne serai jamais, et je ne veux plus être celle qu'il faut à T.

Épisode 20

La réconciliation

Être en froid avec T. m'est insupportable. Toute ma vie s'assombrit. Les semaines passent. J'avance sans joie avec, partout où je vais, une enclume sur la poitrine qui m'empêche de respirer. Je traîne ma douleur comme Elton John dans *Sorry Seems to Be the Hardest Word*. Je ne peux pas continuer comme ça. Je dois trouver une solution. Après réflexion, je décide de me réconcilier avec lui.

« Il est bien difficile de ne pas être injuste avec ceux que l'on aime[1]», c'est vrai. Il nous est tous arrivé d'être blessant ou injuste avec un proche, un ami ou notre famille. Moi la première. J'ai été injuste avec C., mon meilleur ami. Je ne lui ai plus donné de nouvelles, du jour au lendemain. J'ai disparu, alors que j'aurais dû lui expliquer ce que je ressentais. C. aurait compris. Il m'a toujours soutenue. J'ai été en dessous de tout avec lui, il faut le reconnaître, et je n'ai aucune excuse.

1. Oscar Wilde.

La seule chose véritablement impardonnable est la méchanceté. La malveillance consciente et volontaire. T. m'a fait du mal, c'est vrai. J'ai pensé le soir du dîner que c'était intentionnel, qu'il avait profité de ma faiblesse et de la situation pour mesurer l'ampleur de son pouvoir, mais… j'ai peut-être eu tort. À la fin de la soirée, il avait déjà l'air de regretter ce qu'il avait fait. Dans le doute, je n'arrive pas à lui en vouloir.

J'ai cherché pendant tellement longtemps une bonne raison de détester T. et d'en finir. Maintenant que j'ai toutes les raisons de le haïr, je n'y arrive pas… Nous avons partagé trop de choses pour tout réduire à ces quelques malheureuses phrases prononcées au restaurant. Je connais T. Il ne peut pas être l'homme odieux que j'ai vu ce soir-là.

Ce soir-là, il était visiblement furieux. Sous le coup de la colère, on dit des choses que l'on ne pense pas, ou on les exprime mal. Quand je parle sous le coup de la colère, les phrases ne sortent même pas dans l'ordre.

T. n'aurait pas dû se comporter comme il l'a fait, mais je refuse que ça se termine de cette façon entre nous. Nous ne pouvons pas nous dire adieu comme ça. Nous sommes plus intelligents que cette scène-là.

Je ne vais pas m'excuser. Je ne suis pas responsable de ce qui s'est passé. Je ne vais pas lui demander de s'excuser non plus. Les excuses ne se demandent pas, qui plus est, jeter de l'huile sur le feu ne nous apporterait rien. Mieux vaut passer l'éponge et attendre que le temps nous donne l'occasion d'en reparler calmement. (Le temps ne nous a finalement pas donné cette possibilité. Ce qui s'est passé au restaurant ne s'est plus reproduit, mais je n'ai jamais su pourquoi T. avait disjoncté, ni ce qui s'était joué exactement à ce moment-là.)

Je lui écrirais bien quelque chose, mais je n'ai plus d'idées. L'idéal serait de le rencontrer par hasard pour savoir où nous en sommes, prendre la température, vérifier s'il est encore en colère ou pas. Avec ces informations, je saurais quoi écrire. Mais je ne vois pas comment nous pourrions nous rencontrer par hasard. Nous ne fréquentons pas les mêmes lieux. Il faudrait carrément un miracle.

Eh bien ! Il suffisait de le demander.

***

Un après-midi, je suis à la terrasse d'un café à Montparnasse avec mon amie H. Je dois dormir chez elle. Il fait beau. Le temps est agréable. Elle me propose de rentrer à son domicile, à Issy-les-Moulineaux, à pied.

— À pied ? T'es sûre ?

— Oui, ne t'inquiète pas. Je l'ai déjà fait. Ce n'est pas si loin que ça. C'est tout droit.

J'aime bien me balader à Paris, pourquoi pas.

En fait, la route est assez longue. On ne peut pas dire que ce soit à deux pas. Mais il y a du soleil, nous ne sommes pas pressées et la balade est sympa.

À un moment, je tourne la tête et sur le trottoir de gauche, je vois un mec qui s'apprête à prendre son vélo. Il ressemble beaucoup à T. Décidemment, ça ne va pas chez moi. Je le vois partout maintenant. Il lui ressemble tellement, à un point, franchement on dirait bien que... c'est lui ! C'est T. !

Qu'est-ce que je fais ? Je n'ai qu'une poignée de secondes pour prendre une décision. Soit je me tais et je le laisse repartir sur son vélo. Soit je crie son prénom pour qu'il me voit. Je dois peser le pour et le contre à la vitesse de l'éclair. Il est sur le point de partir. Les jeux sont faits, rien ne va plus... Je crie son prénom très fort en pleine rue. Il se retourne. Il me voit.

Nous nous parlons comme si de rien n'était. Le « comme si de rien n'était », on maîtrise bien avec T. La conversation n'a aucune importance. Ce que j'observe, c'est qu'il est évident qu'il n'est plus fâché. Indication fondamentale. Maintenant, je sais exactement quoi faire. Je vais lui écrire un mot pour enterrer la hache de guerre. Je trouve la carte parfaite avec une phrase d'Alfred de Musset « Le plaisir des disputes, c'est de faire la paix[1]. » Je nous dessine tous les deux en bonhommes bâtons tout mignons. Lui avec sa robe d'avocat et moi... sur mon fauteuil en train de rêvasser et sur le point de prendre une gamelle dans les escaliers, qui se trouvent au bout du chemin et que je ne vois pas. J'ai bien conscience que ce dessin est une métaphore en image de ce qui se passera sans doute pour moi, le dernier jour.

Le mot est bref. Direct, précis, efficace. Je le dépose chez lui, un jour de semaine – pendant qu'il

1. Cette citation est tirée de la pièce de théâtre *On ne badine pas avec l'amour.* Pour être parfaitement honnête, c'est mon père qui m'a montré cette carte dans une papeterie. Je ne sais pas comment il a su que c'était exactement la carte dont j'avais besoin.

travaille – directement dans sa boîte aux lettres. Je reçois rapidement une réponse de sa part par mail. Il semble heureux et soulagé. Je nous ai délivrés d'un poids. Il nous en reste encore un, et je vais nous en libérer aussi.

Après cette réconciliation, mon objectif n'est plus le même. Mon but n'est plus d'être avec T. puisque, quelle qu'en soit la raison, ce n'est pas possible. Ce que je veux désormais, c'est trouver la force de lui parler quand je me sentirai prête. Je veux être capable de dire ce que je ressens à celui que j'aime. Je dois y arriver sinon je devrai ajouter la lâcheté à la liste interminable de mes problèmes existentiels.

Je veux lui dire la vérité pour qu'il sache pourquoi j'ai cette attitude bizarre avec lui depuis le début. Je veux aussi l'entendre me dire clairement qu'il ne m'aime pas. Je veux qu'il me dise droit dans les yeux qu'il n'y a rien à faire. Aucun espoir à avoir. S'il me déteste, je veux qu'il me le dise aussi.

***

Les mois suivants, mon comportement change. Je ne suis plus à sa disposition. J'organise ma vie sans attendre ses appels, ses réponses, ses confirmations de reconfirmations. Je n'espère plus rien. Je pleure moins. De toute façon, j'ai quasiment épuisé le stock de larmes après l'affreuse soirée au restaurant. Quand on se voit, c'est moi parfois qui trouve la force de déclarer à la fin d'un rendez-vous qu'« il va falloir que j'y aille ». J'essaie de profiter des derniers moments qu'il nous reste, tout en prenant des distances. Je me prépare à l'idée que tout est bientôt fini. Le compte à rebours a commencé.

Le plus difficile a été d'accepter l'idée de le perdre définitivement. Ne plus revoir T. était pourtant la seule solution pour en terminer une bonne fois pour toutes. Le jour où je l'ai compris, tout est devenu simple et limpide.

J'ai dû attendre encore un bon moment avant les Tuileries parce que, à la sortie de l'école du Barreau, je suis restée longtemps au chômage. Je ne voulais pas lui parler durant cette période très pénible, où je perdais chaque jour un peu plus confiance en moi professionnellement. Un râteau sentimental, en plus de tous les râteaux professionnels que je me prenais, aurait été trop dur à supporter devant lui. Comme tous les gens au chômage, j'avais honte de ne pas trouver d'emploi[1], surtout devant T. J'ai donc attendu de résoudre cette difficulté-là.

J'ai choisi de lui parler par une belle journée. Un jour où je me sentais bien et où je savais que plus rien ne pourrait m'atteindre. Il était lui-même de bonne humeur. Les conditions semblaient réunies. Ce jour-là, je lui ai apporté un livre sur le handicap auquel je venais de participer[2]. Il y a un passage en particulier que j'ai écrit en pensant à lui. J'espère qu'il a pu le lire. Quand je lui ai offert le livre, et avant notre *grande discussion*, il m'a demandé de le lui dédicacer.

1. Nous vivons une époque formidable qui culpabilise les chômeurs qui ne trouvent pas de travail et les oblige à se justifier constamment.

2. *Le handicap par ceux qui le vivent*, Éditions Érès. Pour info, j'en ai laissé un exemplaire à la bibliothèque de l'Ordre des avocats du Barreau de Paris. Ne me remerciez pas.

Je n'ai pas dit à T. que je l'aimais mais je le lui ai écrit sur la première page du livre. Je ne l'ai autorisé à lire ce mot qu'après lui avoir tout dit. Quand il l'a lu, il a souri et moi aussi.

Épisode 21

Non, rien de rien, non, je ne regrette rien

Vous vous demandez peut-être si j'ai des regrets. La réponse est non.

Bien sûr, j'aimais T. Mais plus le temps passe, plus je pense que c'est une très bonne chose que ça se soit terminé de cette façon et que rien ne se soit concrétisé entre nous.

Même si l'amour avait été mutuel, nous n'étions pas prêts, certainement pas assez matures à cette période de nos vies. Il nous aurait fallu un suivi psychologique par une cellule de crise, tout du long, pour traiter nos névroses respectives.

En plus, nos deux fortes personnalités étaient incompatibles. Nous nous serions beaucoup disputés. En tant que simples amis, nous avions déjà commencé. La scène orageuse du restaurant se serait, j'en suis sûre, répétée à l'infini. Je n'aurais jamais cédé le pouvoir entièrement, et T. ne l'aurait pas supporté.

Immédiatement après lui avoir tout dit, je me suis sentie mieux et je suis redevenue moi-même. Moi-même au sens où j'ai arrêté de pleurer le soir et les week-ends. Il était temps car la mélancolie, ça ne me va pas du tout au teint.

Si j'ai des regrets, ils concernent plutôt la période durant laquelle, pour les raisons que je vous ai expliquées, je n'ai pas pu être totalement moi. Mister T. aurait peut-être préféré la femme directe, plus spontanée et moins crispée, que je suis en réalité, mais rien n'est moins sûr.

Au jardin des Tuileries, il y a seulement une chose que j'aurais peut-être dû dire à T. Lorsqu'il m'a demandé si je pensais que mon handicap avait pu jouer un rôle dans ce qui s'était passé entre nous, si je pensais que cet élément avait pu modifier son comportement avec moi, j'ai menti. J'ai répondu que je n'en savais rien. Je l'ai fait sciemment pour essayer de nous protéger tous les deux une dernière fois. Je n'avais pas envie de l'entendre se justifier et me mentir à son tour en m'assurant qu'il n'en était rien. Je ne vois pas comment mon handicap aurait pu être sans conséquences pour lui, alors qu'il a conditionné tous mes faits et gestes à moi.

Je ne voulais pas non plus lui faire une peine supplémentaire inutile. Je ne voulais pas qu'il se remette en question, qu'il culpabilise, sans raison valable, de quelque chose dont j'estimais qu'il n'était pas plus responsable que moi. Je ne voulais pas qu'il rentre chez lui en ayant l'impression d'être un connard.

En plus, il aurait fallu plusieurs jours pour tout lui expliquer et nous ne les avions pas.

J'ai certainement manqué de courage en esquivant l'un des nœuds du problème. Je ne sais pas si je dois le regretter. Je ne pense pas. Un jour, qui sait, il pourra lire ce texte, qui est un peu la lettre qu'il m'a demandée[1], et mieux comprendre ce que j'ai vécu de mon côté[2].

Non, le seul regret, s'il fallait vraiment en avoir, ce serait de ne pas lui avoir demandé comment il s'y prenait pour que je me sente si belle avec lui par instants.

Et au sujet de mon meilleur ami ? Est-ce que j'ai des regrets ? C. dit qu'il ne faut pas en avoir dans la vie. Je pense comme lui.

Si nous étions sortis ensemble, nous n'aurions pas tenu très longtemps. Nous aurions probablement implosé au premier match du PSG placé à la mauvaise date, ou à la première échéance électorale venue.

Ce que je déplore, c'est de ne pas avoir eu le temps de lui détailler tout ce qu'il m'a apporté de beau et de bon. J'aurais aimé le remercier pour toutes ces années durant lesquelles il m'a donné le meilleur de lui-même sans rien exiger en échange, et a été à mon côté, aussi solide que dans la chanson de Simon & Garfunkel, *Bridge over Troubled Water.* Heureusement, je sais qu'un jour il lira ce texte et saura que, jusqu'à la fin, il a été l'ami dont j'avais besoin.

Évidemment, il m'est arrivé de me demander ce que cela aurait changé si, dès le début, j'avais eu confiance en moi. Que se serait-il passé si j'avais eu conscience plus

1. Il ne s'agit plus d'une lettre d'amour mais elle a tout de même son intérêt.

2. J'espère juste qu'il ne m'assignera pas pour atteinte à la vie privée. Bon, s'il le fait, je prendrai un avocat (tout est prévu).

tôt de ma valeur ? Quelle aurait été la place que j'aurais accordée respectivement à T. et à C. dans ma vie ? Que se serait-il produit si T., C. et moi avions tous les trois grandi dans une société où le handicap aurait été une particularité parmi d'autres, qui ne complique rien et n'entrave pas l'existence, dans laquelle être une femme ne réduit pas la liberté, dans laquelle être une femme handicapée ne multiplie pas les difficultés[1] ?

Je n'aurai jamais la réponse à ces questions et peu importe. J'ai fait comme j'ai pu dans le contexte qui était le nôtre, avec « les moyens du bord ».

1. J'aurais peut-être vécu la vie de rêve d'Isabelle Pierre dans sa chanson *Le temps est bon*, avec deux amis amoureux.

Épisode 22

Ne plus avoir d'idéal

T. était exactement mon genre d'homme. Mon idéal masculin, en somme. Du moins, c'est ce que je pensais... Faut-il sortir avec son idéal masculin ? Pas sûr. Un idéal par définition n'existe pas, il n'est pas réel[1]. Le plus judicieux me paraît aujourd'hui de questionner l'idéal, de comprendre d'où il vient, pour le voir se désagréger et s'ouvrir peut-être à d'autres possibilités.

Depuis T., j'ai repensé mon idéal.

Bien sûr, j'ai continué à remarquer des hommes comme T. – bien mis, lisses au premier abord, type métrosexuel –, mais je n'ai plus été fondamentalement intéressée. Ils sont nombreux au Palais et dans ma profession. Certains sont élégants, brillants, vraiment charmants. Je vous ai dit que j'aimais beaucoup ma profession ? Fréquemment, ils se retrouvent de l'autre côté de la barre pour défendre les employeurs, les proprios, les

1. Comprenons-nous, T. existe (je le jure), il est réel.

administrations (des clients qui sont rarement les miens) et donc à plaider *contre* moi, ce dont rêvait T.[1] (tandis que moi, j'avais plutôt envie de plaider *avec* lui). Si je le peux, à l'audience, je les lamine. Pas par vengeance, pas du tout[2]. Juste parce que c'est mon métier. Je suis payée pour ça. Le contentieux, ce n'est pas une promenade de santé, c'est un sport de combat.

En dehors, je m'entends bien avec beaucoup d'entre eux et je me comporte comme je l'ai toujours fait. Je sympathise, je plaisante, je les vanne s'il le faut (ils aiment ça et moi aussi). Que je le veuille ou non, je les fais réfléchir.

Ce qui m'amuse, c'est de voir qu'aujourd'hui, comme hier avec T., il y a quelque chose qui les intrigue chez moi, mais ils ne savent pas quoi. Je pourrais essayer de les mettre sur la voie, mais ils ne me croiraient pas. Je pourrais leur suggérer que je suis une femme jolie, sympa, pleine de défauts (autoritaire, psychorigide, féministe et « islamogauchiste[3] »), mais intelligente et drôle. Je pourrais même leur avouer que s'il m'arrive de douter, comme eux, comme tout le monde, et que je suis loin d'avoir réglé toutes mes difficultés, j'ai conscience d'être ce que je suis et de détenir ces atouts-là.

Le fait qu'une femme comme moi – je veux dire, une femme handicapée, si petite, si *étrange* pour eux, qu'ils ne voient ni au cinéma ni à la télé – soit tout cela, c'est justement ce qui les défrise[4]. Ils ont entendu dire partout

1. Qui voulait aussi qu'on s'associe, ce qui n'est pas logique. Soit on s'associe, soit on s'affronte. Faut choisir, mec !

2. Je respecte et j'aime mes confrères sexy, habillés en Armani.

3. Selon d'éminents politologues.

4. Et Dieu sait s'ils tiennent à leur coiffure !

que ce n'était pas possible. Les médias, la société leur ont expliqué que des filles comme moi n'existent pas vraiment. En principe, elles sont mal dans leur peau et se trouvent moches. On ne peut pas tomber amoureux d'elles et former un vrai couple avec elles.

Cette idée est purement inenvisageable pour eux et c'est la raison pour laquelle elle devient impossible. Je ne leur jette pas la pierre. Je sais qu'ils sont comme moi victimes d'un système de pensée absurde et oppressant, qui les porte à croire que choisir une partenaire handicapée serait insensé et équivaudrait à renoncer à tout ce qui fait la joie, le privilège d'être un homme : du sexe et des enfants à la demande, sans oublier la boniche (dur). Ils auraient du mal à présenter une femme comme moi à leurs proches sans s'exposer à l'incompréhension générale. Leur mère ferait une attaque et tous leurs amis diraient qu'ils méritent mieux qu'une femme comme moi à leur côté.

Difficile de demander à des hommes si conventionnels et rangés des voitures d'oublier les apparences et d'assumer un choix qui ne rentre pas dans le moule auquel ils tiennent tant. Sur ce point, mes parents avaient peut-être raison.

Cela m'attriste évidemment, surtout… pour eux ! Des femmes comme moi, en vérité, il y en a beaucoup et elles sont plutôt cool. Malheureusement, je crains que souvent ils ne passent à côté d'elles sans les remarquer. S'ils étaient un chouilla plus attentifs, ils découvriraient qu'elles sont à la fois uniques et semblables aux autres. Avec elles, ils pourraient vivre une relation géniale ou… banale.

Après T., j'ai réfléchi. L'idéal est d'essayer de ne pas avoir d'idéal. Principe difficile à tenir, car nous avons tous des fantasmes. Ils sont le fruit de notre histoire, de notre éducation, des représentations sociales, de ce que nous projetons sur les autres et de ce dont nous rêvons pour nous-mêmes. Je me suis par exemple souvent demandé si mon attrait pour ces hommes BCBG ne relevait pas d'une volonté de me normaliser par association ou de recréer – en version plus conformiste – le couple enviable qu'avant de divorcer mes parents semblaient former.

Sur le physique, je n'ai jamais eu de préférences particulières. J'aime les bruns, mais je n'ai rien contre les roux, ni les blonds, ni les châtains. La taille, les cheveux, la couleur des yeux, je ne parle même pas de celle de la peau (qui peut en faire un critère sérieux ?), je ne m'en suis jamais souciée. Je vais même vous dire… je ne suis pas fan de la barbe[1] et des cheveux longs, c'est vrai, mais au fond, ce ne sont que des détails.

Il y a quelques critères en matière de valeurs morales et de personnalité qui me semblent importants pour être un minimum *compatibles*[2], et il y a surtout des comportements que je n'accepte pas[3].

1. Sur cette question, il y a peut-être moyen de faire un deal : tu te rases, je m'épile. Je trouve que c'est un marché honnête. « Gagnant-gagnant » comme dirait Ségolène.

2. Sur le plan idéologique, par exemple, être de gauche reste un critère important pour moi mais il ne fait pas tout. Les pourris sont équitablement répartis entre la gauche et la droite.

3. Spéciale dédicace aux mecs qui ont un problème avec les moyens modernes de communication, type téléphone, mails, SMS ou autres messages privés : allez consulter. Je ne peux rien pour vous et j'ai déjà donné.

Que les choses soient claires :
Je ne reçois d'ordre de personne[1].
Je ne me soumettrai pas.
Je ne me braderai pas.
Je refuse d'être maltraitée[2].
En dehors de ça, un peu de place pour la surprise ne nuit pas…

1. Avant, comme bien des femmes, j'étais convaincue qu'il me fallait un homme autoritaire. Un homme à poigne pour me dompter. Après tout, les femmes ne sont-elles pas toutes des hystériques ? Mais ça, c'était… avant. Avant que je prenne conscience que je me maîtrise très bien toute seule et que je ne SUPPORTE PAS les hommes autoritaires. Non, toutes les femmes ne rêvent pas secrètement d'être dominées par un homme. C'est un gros mensonge destiné à nous faire accepter le pire.

2. Un homme qui d'une façon ou d'une autre vous fait souffrir, ce n'est ni normal, ni romantique.

Épisode 23

Un amour imaginaire

Voilà, vous savez presque tout de ce qui s'est passé avec T. Je dis « presque » car il me reste encore quelques vagues notions de ce qu'est la vie privée et que *tout dire* n'est ni possible ni souhaitable.

Ce que j'ai vécu ressemble à un *Amour imaginaire,* comme celui décrit dans le film de Xavier Dolan, que j'ai découvert plusieurs années plus tard.

Un amour imaginaire, ce n'est pas de l'érotomanie. Il faut bien distinguer les deux. Je n'ai jamais cru que T. était amoureux de moi. J'ai juste eu des doutes par moments. Étaient-ils « graves et concordants » ? Ils étaient en tout cas suffisants pour ne pas le laisser filer sans en avoir le cœur net.

Un amour imaginaire, c'est un amour qui se construit à deux[1]. Il y a de la responsabilité des deux côtés. Xavier Dolan l'explique très bien. Dans son film, il apparaît

1. Même à trois d'après le film de Dolan.

assez évident que l'objet du désir, le beau blond qui ressemble au *David* de Michel-Ange, n'est pas franchement innocent. À la fin, au moment des déclarations des deux protagonistes, il fait l'étonné, celui qui ne comprend pas, alors qu'il a participé à la situation. Peut-être l'a-t-il fait sans le savoir, parce qu'il ne se rend pas compte de l'attitude qu'il a avec les autres, de son besoin constant d'être aimé, désiré et au centre de l'attention.

Le beau blond du film de Xavier Dolan, aux allures angéliques mais en réalité diabolique et pervers, se montre assez cruel face à ses deux soupirants le dernier jour, ce que T. n'a pas fait. Pendant de nombreuses années, je lui en ai été reconnaissante, jusqu'à ce que je comprenne ceci : faire preuve d'un minimum de respect en pareille circonstance était, somme toute, la moindre des choses.

Vous vous rappelez quand je vous ai dit que j'avais vu l'âme de T. le jour où je l'ai rencontré ? Alors… en fait, j'avais vraisemblablement sniffé un peu trop de Tipex ce jour-là[1]. J'ai une triste nouvelle : on ne peut pas voir l'âme des gens. Je n'ai pas ce pouvoir. Vous êtes déçu. Je sais. Et moi donc ! T. n'était pas dénué de qualités, loin de là, mais il y en a certaines que j'ai peut-être sous « les feux de l'amour » légèrement… exagérées.

Aujourd'hui, je ne sais toujours pas si l'amour altère la lucidité, mais je suis certaine d'une chose… il rend sacrément bêêêêêête ! Vous ne trouvez pas ? Alleeez, je plaisante ! Je crois encore en l'amour même s'il ne dure pas toujours. Au couple, un peu moins, et aux prêts

1. Le Tipex en pot sent drôlement bon.

immobiliers, pas du tout. Je pense néanmoins que la conception que nous avons de tout ça, je veux dire de l'amour, du couple, des identités de genre, du désir et de la sexualité, relève grandement de la construction sociale[1].

1. Pour tout vous dire, même l'hétérosexualité commence sérieusement à m'interroger…

Épisode 24

Mais, au fait, pourquoi tu nous as raconté tout ça ?

Maintenant vous vous demandez peut-être pourquoi je vous ai raconté tout ça.

Vous ne devinez pas ?

Pour recevoir le prix Renaudot[1], évidemment !

Par narcissisme[2] et pour le plaisir de vous raconter ma vie. Mais pas seulement.

Cette expérience, cette histoire ou cette non-histoire comme on voudra, aussi idiote soit-elle, a été un tournant dans mon existence. Elle a modifié pas mal de choses.

1. Je ne sais pas vraiment ce qu'est ce prix, mais je trouve que ça sonne bien.

2. C'est forcément par narcissisme que l'on écrit. Qui plus est, les avocats sont tous égocentriques. C'est une qualité essentielle à notre métier.

J'ai grandi, je suis devenue une femme.

Oui, j'ai changé, mais pas comme Sarkozy.

J'ai grandi (d'un centimètre au moins) et je suis devenue une « fâââmme » comme on dit, non pas par l'opération du Saint-Esprit, mais plus simplement en le décrétant.

J'ai d'abord décidé de refuser de me plier à l'ordre insidieux qui m'a été fait de ne pas grandir et de rester une enfant. Il s'agit, selon moi, de la principale injonction adressée aux femmes handicapées. Il ne leur est pas demandé, comme aux femmes valides, de se muer avec l'âge en objet de désir, mais bien au contraire de demeurer d'éternelles petites filles. Des êtres sages, sans âge, éthérés, éloignés de toutes préoccupations sentimentales et sexuelles et incapables d'exprimer ou de susciter le moindre désir.

Il n'est pas facile de résister à la tentation de se complaire dans le confort rassurant de l'enfance surtout si tout le monde cherche à vous y confiner. D'autant plus que la faible représentation de femmes handicapées dans les médias complique toute projection dans une vie de femme adulte.

Les modèles réels ou fictifs de femmes handicapées célibataires ou en couple sont rares. Elles n'ont pas d'existence en tant que femmes dans notre société et les effets de cette invisibilisation sont vicieux et multiples.

Pour faire simple, je dirais que nous appartenons à une catégorie particulièrement enviable de femmes qui ne sont pas reconnues en tant que telles, et qui se retrouvent ainsi perdantes sur TOUS les tableaux.

Nous sommes exclues de la séduction. Tous les attributs prétendument positifs de la féminité, notamment ceux associés à l'attractivité, nous sont contestés avant même que nous n'ayons eu le temps de les questionner et de les remettre en cause pour celles qui le souhaitent.

Les femmes handicapées ne sont pas belles, elles ne sont pas sexy, elles ne sont pas sensuelles, elles ne sont pas attirantes, etc. Notre corps n'est jamais érotisé, ni même esthétisé, ce qui nous empêche de nous imaginer comme des partenaires potentielles valables.

Sur ce point, je préciserais que si de nombreuses féministes dénoncent, à raison, l'hypersexualisation du corps de la femme, elles oublient souvent dans leurs développements le phénomène inverse qui touche les femmes handicapées et asexualise d'autorité leur corps. Or, n'exister *que* sexuellement et *ne pas* exister du tout sexuellement est équivalent en matière de déshumanisation. Pouvoir exister sexuellement, sans pour autant être objectifiées comme le sont toutes les femmes, ce qui n'aurait évidemment rien de satisfaisant[1], voilà tout l'enjeu pour les femmes handicapées.

Dans les rapports hétérosexuels[2], les femmes handicapées sont présumées ne pas être en mesure de plaire à des hommes valides, « sains » de corps et d'esprit. Tous ceux qui pourraient s'intéresser à elles seront considérés comme

1. C'est pour cette raison que certaines initiatives comme les concours de beauté entre femmes handicapées, qui se contentent de reproduire ce qui existe de plus douteux pour les femmes valides, ne me paraissent pas être des solutions.

2. J'évoque la configuration que je connais le mieux, mais toutes les femmes handicapées ne sont évidemment pas hétérosexuelles. Les personnes handicapées sont concernées par les mêmes questions relatives à l'orientation sexuelle et au genre que les personnes valides.

irrationnels et suspects, soit parce que mal intentionnés – qu'est-ce qui, en dehors de la perversion, pourrait expliquer leur attirance pour une femme dont personne ne veut ? –, soit parce que proches de la sainteté – quel mérite en effet de se sacrifier pour sortir avec une femme dont personne ne veut !

Lorsque, par miracle, leur capacité à entretenir des relations et à construire un foyer n'est pas niée et redevient envisageable aux yeux des personnes valides, les femmes handicapées retombent inévitablement sous les injonctions faites à toutes les femmes. Ne pas rechercher un partenaire, ne pas vouloir d'enfant ou ne pas souffrir d'en être privées est alors incompréhensible et suspect de leur part.

Le seul « attribut féminin » non contesté aux femmes handicapées est celui de la vulnérabilité, qu'elles incarnent totalement, dans lequel on voudrait les enfermer et par lequel on voudrait expliquer le mal qu'elles peuvent subir.

Pourtant, s'il est incontestable que le handicap (quel qu'il soit) puisse effectivement rendre plus difficile la perception du danger et la défense, il ne faut pas oublier qu'une partie non négligeable de notre vulnérabilité est également organisée, entre autres, par des politiques qui nous ignorent dans les campagnes de prévention et d'éducation sexuelle, quand elles ne nous mettent pas en danger avec des systèmes comme l'institutionnalisation[1] qui favorise les abus.

De plus, contrairement à ce que beaucoup imaginent, la reconnaissance de notre vulnérabilité ne nous préserve

1. Placement des enfants et des adultes handicapés en institutions spécialisées.

de rien. Au contraire. Être invisibles et réputées vulnérables ne nous épargne pas les violences sexuelles. C'est là toute l'hypocrisie de la situation.

Le harcèlement, les agressions et le viol concernent également les femmes handicapées. Le nier et ne pas en informer les principales concernées fait même de nous des cibles privilégiées. Plus encore que les autres femmes, nous sommes non seulement touchées, mais priées de nous taire au sujet de ces violences considérées comme hautement improbables puisque, rappelez-vous, nous ne sommes pas des femmes, nous ne sommes pas sexuées, et que tout est prétendument fait pour nous protéger.

Au final, cette construction pernicieuse assure aux auteurs de violences l'impunité. Elle ne donne aux femmes handicapées que le choix entre souffrir, souffrir ou… souffrir. Il ne reste aucune place pour un scénario alternatif dans lequel elles pourraient simplement prendre le contrôle de leur vie affective et sexuelle, et s'y épanouir au moins autant que n'importe quelle autre femme.

Comment s'en sortir indemne ? Je vous le demande. Pour ma part, j'ai pris la résolution de me comporter en adulte et de m'assumer comme ce que j'ai en fait toujours été : un être sexué. Par la même occasion, je me suis octroyé le droit de définir moi-même ma propre « féminité ». Si tant est que ce terme ait un sens, ce dont je ne suis plus certaine…

Je me suis réapproprié mon corps, que la médecine m'avait confisqué et que la société a cherché à me faire exécrer. J'ai pris la résolution de lui accorder de l'importance, de ne plus le négliger ou le mépriser.

Je me suis autorisée à envisager une vie sentimentale et sexuelle, avec toutes ses implications et ses responsabilités, sans pour autant me laisser convaincre que mon existence en tant que femme y était subordonnée. L'injonction à avoir une vie sexuelle active me paraît, honnêtement, aussi stupide que son interdiction formelle.

J'ai considéré qu'être en couple, avoir des rapports sexuels, et des enfants étaient des possibilités qui devaient m'être ouvertes, dans les mêmes conditions que pour les autres femmes, mais demeurer cependant des options et ne pas devenir des obligations[1] dont je devrais avoir à justifier pour établir mon appartenance au sexe et au genre féminin.

J'ai décidé, enfin, de m'identifier comme femme sans attendre l'intervention ou l'approbation d'un homme, dont il m'est apparu qu'en définitive elle ne m'était d'aucune utilité. Quelle aberration de croire aussi longtemps que la condition pour être une femme était d'exister dans le regard d'un homme ! Quelle naïveté, quelle bêtise d'imaginer en rencontrant T. qu'il pourrait réaliser la prouesse de me transformer en femme, alors que ni lui, ni aucun homme ne peut, ni ne doit, détenir un tel pouvoir sur quiconque !

Quelle femme suis-je devenue ? Difficile à dire... Une femme très raisonnable, pas du tout excessive avec les hommes

1. Ici, je souhaiterais faire une parenthèse importante : je ne suis pas sans savoir que beaucoup de femmes handicapées qui veulent avoir des enfants sont confrontées à un discours majoritairement culpabilisant qui cherche à les disqualifier en tant que mères en raison de leur handicap. Même si je ne partage pas totalement ce désir de maternité, je défendrai toujours les femmes handicapées qui veulent avoir des enfants, parce que leur souhait ne me paraît pas plus déraisonnable que celui des femmes valides.

– sur cette question, je plaide l'exception culturelle – peut-être un peu radicale (comme T. et C. ont pu le constater). Ah, et féministe, je le crains, mais vous le saviez déjà.

Est-ce que je ressemble à la fille décrite par Meredith Brooks dans sa chanson *Bitch* : un mélange de salope, de madone, d'allumeuse, d'amoureuse, de mère, de gamine, de toutes ces figures chimériques qui font le paradis et l'enfer des hommes sur cette Terre ? Possible. Mais je préfère penser avec Gloria Gaynor que je suis, avant tout, ma propre création originale : *I Am What I Am* !

J'ai pris conscience de ce qu'était le validisme.

Probablement parce qu'il m'a atteint dans mon intimité, j'ai senti ses meurtrissures comme jamais. J'ai pris pleinement conscience de ce qu'était le validisme et de sa désastreuse influence sur chaque aspect de ma vie.

Les pièces du puzzle, qui étaient jusque-là dispersées, se sont assemblées d'elles-mêmes. J'ai pu commencer à mettre des mots sur ce système de domination abjecte qui nous infériorise et nous assujettit en tant que personnes handicapées et donne aux personnes non-handicapées, que l'on dit « valides », le pouvoir de diriger nos vies. Ma réflexion et mon discours sur le handicap ont enfin pu se clarifier, se structurer, se consolider et se politiser.

J'ai malheureusement dû accomplir ce travail de théorisation seule, dans l'urgence et la douleur, par nécessité. Il en allait de ma survie. Je l'ai fait en puisant dans d'autres luttes d'émancipation[1] et dans les convictions politiques que j'avais déjà, pour faire les parallèles dont j'avais besoin. Je l'ai fait sans avoir accès à aucun ouvrage de *disability studies*[2] – dont je n'ai appris l'existence que bien tardivement –, et à une période où l'on trouvait bien moins de documentation sur le handicap qu'aujourd'hui.

Concernant la vie sentimentale des personnes handicapées, si vous vous demandez encore ce qu'est le validisme et quelles sont ses conséquences, voici un résumé :

- Des personnes handicapées qui s'interdisent, de façon plus ou moins consciente, d'aimer des personnes valides et/ou qui refusent de croire que des personnes valides peuvent les aimer.
- Des personnes valides qui excluent de leur imaginaire affectif et sexuel les personnes handicapées, et refusent, de façon plus ou moins consciente, d'admettre qu'elles se sentent attirées par une personne handicapée et/ou qui s'interdisent de l'exprimer.
- Des personnes valides qui font du handicap un critère de choix pour trouver un partenaire en essentialisant ou en fétichisant ce partenaire du fait de son handicap.
- Des personnes handicapées qui sont persuadées qu'elles ne peuvent aimer que des personnes

1. Les luttes d'autres minorités auxquelles je me suis toujours intéressée, sans m'apercevoir au début qu'elles me passionnaient parce qu'elles faisaient en réalité écho à ce que je vivais moi-même au quotidien.
2. Champ d'étude universitaire multidisciplinaire anglo-saxon qui analyse le handicap comme une construction sociale, culturelle et politique.

handicapées, qui seules pourraient les comprendre, ou qui refusent, au contraire, la simple idée d'être en couple avec une autre personne handicapée par crainte d'une stigmatisation accrue.

- Des solutions médiocres et glauques comme « l'assistance sexuelle » pour ne pas avoir à parler de tout ça et du reste (les représentations stéréotypées du handicap, de la sexualité en général, des rôles socialement dévolus aux femmes et aux hommes, etc.).
- Beaucoup de temps perdu, de la souffrance, des larmes, de la colère, de la détestation de soi et de la mortification.
- Des histoires qui pourraient être finalement assez simples, voire belles, et qui deviennent compliquées ou même ne se vivent pas.
- En définitive, un énorme gâchis humain dont tout le monde subit les conséquences et, en premier lieu, nous, les femmes et les hommes concernés par le handicap.

J'ai décidé d'agir.

Cette prise de conscience m'a interpellée sur ma propre responsabilité et m'a définitivement convaincue qu'il fallait agir pour changer tout ça et vite. J'ai donc décidé de contribuer à faire à l'extérieur, dans la sphère sociale et publique, ce que j'ai dû faire pour moi-même, c'est-à-dire analyser et déconstruire le propos validiste pour reconstruire un discours plus juste, sur des bases plus solides.

En faisant mes études supérieures, il m'a très vite paru évident qu'elles me donneraient les connaissances, les outils et la position privilégiée nécessaires pour être en capacité d'exprimer, le jour venu, mes idées sur le handicap. Néanmoins, il m'a été difficile de trouver de quelle manière agir efficacement[1].

Mon ami C. et Mister T. m'ont apporté une première réponse. À force de me dire qu'ils aimaient me lire, j'en ai conclu qu'il fallait… écrire ! J'ai donc commencé à écrire, mais aussi à prendre la parole et à saisir toutes les occasions que j'ai jugées utiles afin de ne plus laisser passer ce que je considère comme un discours bancal, dénigrant ou nocif sur le handicap.

Je me suis d'ailleurs lancée, alors que j'étais encore en plein tourbillon avec T., en rédigeant une lettre ouverte critique sur le Téléthon en 2004, en acceptant d'intervenir à la télé, en recherchant d'autres personnes handicapées intéressées et convaincues comme moi de la nécessité de ce combat, en créant plus tard un blog et en utilisant les réseaux sociaux pour militer en ligne.

Je me suis intéressée de plus près encore au féminisme.

Grâce à cette expérience avec T. et à ses suites militantes, j'ai aussi non pas découvert le féminisme, que je connaissais un peu, mais plutôt sa richesse et l'importance que ce combat politique avait également pour moi en tant que femme, ainsi que son articulation nécessaire – bien que parfois difficile – avec la question du handicap.

1. La question est d'ailleurs toujours d'actualité. Je ne suis pas sûre d'avoir trouvé et je me disperse sûrement beaucoup.

Pour conclure, un mot à toutes les femmes handicapées[1]

J'espère que parmi celles et ceux qui liront ce texte, il y aura des femmes handicapées. Si c'est le cas, peut-être se reconnaîtront-elles. Peut-être se sentiront-elles moins seules.

Dans le lot, il pourrait même y avoir quelques femmes handicapées pleines de doutes, qui ont en ce moment-même un T., un C., ou un J., ou un P. dans leur vie. Peut-être se posent-elles mille questions, en se torturant l'esprit à l'infini, pour savoir quoi faire pour affronter la situation.

Je n'ai évidemment aucune leçon à leur donner. D'autant qu'il serait faux de ma part de prétendre avoir tout résolu à la suite de cette histoire. Elle m'aura juste permis de mûrir un peu, de me recentrer et de réexaminer mes priorités avant de débuter ma vie professionnelle.

Malgré tout, je voudrais que les femmes handicapées qui me lisent sachent que j'ai d'abord écrit ce texte pour elles et pour nous toutes. Je l'ai rédigé pour avoir l'occasion de leur dire ceci :

Quel que soit ce que vous avez pu lire, voir ou entendre autour de vous, sachez que vous avez de la valeur. Vous êtes fortes individuellement. Vous êtes fortes collectivement. Vous êtes aussi belles, attirantes, désirables et intéressantes que n'importe qui. Ne laissez jamais personne vous convaincre du contraire.

1. Je n'oublie pas les hommes handicapés et leurs propres difficultés dans ce domaine, mais ils sont certainement les plus à même d'en parler. J'ai hâte de pouvoir les lire.

Vous êtes belles et pas seulement « à l'intérieur » – fadaise ! – car il n'y a pas d'intérieur et d'extérieur dissociables chez les êtres humains. Comme moi et le reste de l'humanité, vous êtes *un tout.*

Quand je vous dis que vous êtes belles, je veux donc dire que vous êtes VRAIMENT belles. Corps et âme, de A à Z. Toutes aussi nombreuses et différentes que vous êtes, et sans exception aucune.

La beauté ce n'est pas ce que qu'on vous vend dans les magazines, sur Internet ou à la télé.

La beauté n'est pas objective. J'en veux pour preuve que j'ai des amies qui m'ont dit qu'elles ne trouvaient pas T. si beau, ni attirant que ça. Logique, personne ne peut faire l'unanimité.

La beauté est totalement subjective. Elle n'est ni statique, ni figée sur papier glacé. Elle est vivante, insaisissable et mystérieuse. Elle est davantage liée à la confiance en soi et à l'harmonie qui peut exister entre une âme et un corps, qu'à la taille, l'âge, le poids, la couleur de la peau, la symétrie, l'existence ou non d'un handicap, d'une maladie, ou d'une quelconque caractéristique physique.

La beauté n'a rien de mathématique. Elle n'est pas uniquement liée à des mensurations, à un rapport idéal entre les oreilles et la bouche. Ceux qui prétendent le contraire s'en tiennent aux critères dominants qui proposent une définition pauvre et restrictive de la beauté destinée à vendre, briser, asservir et exclure.

Pour celles qui pensent « qu'on s'en fout de la beauté », que ce n'est pas important, j'ai envie de rappeler, d'une part, que sur le plan individuel je suis persuadée, comme le mentionne Mona Chollet dans son livre *Beauté fatale*, qu'il est impossible « d'isoler un "être" qui serait pur de tout paraître », et d'autre part, que sur le plan collectif, la beauté et sa redéfinition sont un enjeu politique majeur pour toutes les minorités que nous aurions tort de négliger.

Autre chose : les femmes handicapées ont le DROIT d'aimer qui elles veulent. Cela paraît évident, mais ça va mieux en le disant.

Ne vous interdisez rien, vous n'auriez rien à y gagner.

Je sais que tout est fait autour de vous pour vous broyer et démolir le peu de confiance que vous auriez l'audace d'avoir en tant que femme, mais ne vous laissez pas faire – ne nous laissons pas faire.

Résistez comme vous pouvez, à votre façon, en utilisant tous les moyens qui vous semblent les plus adaptés à votre personnalité. Je sais que c'est dur, et facile à dire, mais je ne pense pas qu'il y ait d'autre choix.

Ayez conscience des rapports de force en présence, mais n'imaginez pas que vous n'attirez que des scouts dévoués ou des valides maniaques qui vous feront souffrir. Avec tout ce que vous êtes, physiquement et moralement, vous séduisez également des hommes, des femmes, des êtres humains tout ce qu'il y a de plus sympas. Parfois, ils peuvent juste avoir du mal à se défaire des préjugés dont on les a serinés et à réaliser que ce qui leur arrive est assez simple : ils sont attirés par quelqu'un… d'attirant.

Ne renoncez pas à la réciprocité.

Ne renoncez pas à exprimer vos attentes et vos désirs, y compris et surtout en dehors d'un cadre « autorisé », aseptisé et médicalisé comme peut l'être celui de l'assistance sexuelle.

Que vous soyez pour ou contre l'assistance sexuelle, j'ajouterais qu'à titre personnel, je reste convaincue, quoi qu'il advienne, que vous méritez – nous méritons – mille fois mieux que ça. Pour une nuit, pour trois ans ou pour la vie, vous méritez le meilleur. Nous méritons toutes et tous le meilleur.

En toutes circonstances, faites-vous confiance. Il y a honnêtement peu de chance que vous ayez à le regretter. La confiance est d'autant plus essentielle qu'elle vous aidera aussi à déceler les situations dangereuses ou les relations toxiques dans lesquelles vous pourriez vous retrouver, comme toutes les femmes, et de faire le nécessaire pour vous en sortir et vous protéger.

Si un jour, vous prenez une mauvaise décision ou que vous pensez avoir échoué, ce n'est pas grave. Vous avez le droit à l'erreur, en amour, en amitié, comme dans tous les autres domaines.

Vous avez également le droit de pleurer sur tous les trucs durs qui vous sont arrivés. J'ai parfois du mal à me l'autoriser moi-même, mais je dois reconnaître que pleurer de temps en temps, ça fait du bien, ça soulage.

Moi, je me suis pris un râteau aux Tuileries, d'accord, mais... des femmes handicapées qui s'en sont mieux sorties, il y en a. Heureusement ! Je ne suis un exemple de rien.

Si, comme pour moi, ça ne fonctionne pas, une fois la déception ou le chagrin digéré, le plus probable est que vous repreniez du poil de la bête et que vous continuiez à avancer.

Personne n'a le droit de décider à votre place de ce qui est le mieux pour vous, ni vos amis, ni même vos parents.

J'ai bien conscience que ces belles paroles pourront sonner creux pour les plus cyniques et les plus réfractaires. Elles apparaîtront même à certaines d'entre vous comme du féminisme *cheap*. J'assume. Comme tout le reste, il est fait maison.

Je sais également que ces propos ne pourront suffire à résoudre les problèmes individuels auxquels vous êtes confrontées. De plus, tout n'est pas réductible à un problème individuel de confiance en soi, de volonté et de développement personnel. Je l'ai toujours dit, je ne vais pas me contredire aujourd'hui. Il y a, en parallèle, toute une société à changer, des actions politiques et collectives à mener, mais nous ne pourrons jamais y arriver sans croire un minimum en nous et en notre légitimité.

Je tenais à partager avec vous, le plus sincèrement possible, le fond de ma pensée.

Ces mots, j'aurais donné n'importe quoi pour les entendre durant la période charnière de ma vie où je fréquentais T. et C., et qui aura marqué mon parcours pour toujours.

Boom, boom, boom,
Plus brillant que la lune,
Le feu d'artifice est en vous, depuis le début,
Il est temps de montrer ses couleurs au monde.

Si vous ne me croyez pas, écoutez *Firework* de Katy Perry.

The End

Remerciements

Je tiens à remercier du fond du cœur les personnes qui se sont mobilisées pour rendre ce livre possible.

Merci à mon premier comité de lecture, mes amies très chères : Caroline Lacaud, Muriel Palombieri, Noëlle Cazenave et Elena Chamorro.

Merci à celles et ceux qui par leurs actions, leurs encouragements ou pensées positives m'ont aidée dans ce projet, c'est-à-dire notamment, dans l'ordre d'apparition (ceci n'est pas – que – du *name dropping*) : Amandine Gay, Lauren Bastide, Mona Chollet, Hanane Karimi, Sylvie Tissot, Sébastien Fontenelle, Laura Nsafou, Grace Ly, Lény Marques, Cécile Morin, Juliet Drouar.

Merci en particulier à Océan pour son aide déterminante.

Merci à Delphine Mozin Santucci et Hélène Gédouin pour leur confiance.

Merci enfin à Tara Lennart, mon agent, pour son travail et son amitié.

Table des matières